리더를 위한
영업 관리
실전 매뉴얼

리더를 위한 영업 관리 실전 매뉴얼

탁월한 성과를 지속시키기 위해
B2C 영업 리더들에게 꼭 필요한
영업 관리 핵심 매뉴얼

김상범 글

푸른영토

영업 관리자 수준이
곧 영업력이다

이 책은 처음 영업 관리자로 승진하거나 영업 관리 방식에 변화가 필요한 B2C 영업 분야에 종사하는 경영진과 영업 관리자들을 위한 책이다. 시중에 나와 있는 대부분의 책들을 보면 영업 성과 향상을 위한 경영진이나 관리자들의 프레임이 과도하게 영업 담당자의 역량과 실적 개선에 초점이 맞춰져 있다.

많은 영업 관리자들은 개선 과제로 영업 담당자들의 신규 고객 발굴에 대한 노력 부족, 고객 니즈 파악 및 클로징 스킬 부족, 목표의식, 활동량 등과 같은 문제들을 언급하고 있다. 그런데 이에 비해 영업 관리자의 역할, 관리 역량개발, 전략과 현장의 일치, 리더십 등 영업 관리자의 전문성에 문제를 제기하는 경우는 상대적으로 매우 적다.

경영진이나 영업 관리자들이 생각하는 것처럼 영업 조직의 성과는 영업 담당자의 지식, 스킬 등을 개선한다고 쉽게 달라지지 않는다. 영업 조직의 영업력과 성과를 변화시키려면 영업 관리자와 관리 시스템, 그리고 조직 문화부터 변화되어야 한다.

영업 관리자들은 영업 전략과 영업 관리 시스템, 영업 담당자를 하나로 연결시키는 데 핵심적인 역할을 한다. 따라서 영업 조직의 성과는 영업 관리자의 역량에 따라 크게 좌우된다. 연구 결과를 보더라도 평균적인 영업 관리자보다 뛰어난 영업 관리자와 함께 일하는 영업 담당자들이 훨씬 높은 성과를 보여준다. 결론적으로 영업 조직의 성과는 영업 관리자의 관리 역량과 리더십에 비례한다고 할 수 있다.

대부분의 기업들은 영업 실적이 뛰어난 영업 담당자를 영업 관리자로 선발한다. 새로운 영업 관리자가 영업 담당자 시절에 뛰어난 실적을 보여주지 못했다면 공정성이나 동기부여 면에서 영업 담당자들의 신뢰를 얻기 힘들기 때문일 것이다. 따라서 뛰어난 실적을 보여주었던 영업 담당자를 영업 관리자로 승진시키는 것이 일반적인 현상이다.

현실적으로는 뛰어난 실적을 보이는 영업 담당자는 어렵지 않게 영업 관리자로 승진할 수 있다. 문제는 그다음이다. 영업 조직의 구축, 교육, 관리, 동기부여 등 다양한 업무를 감당해야 한다. 그런데 짧은 시간 내에 이러한 역할을 효과적으로 수행하는 것이 쉽지 않다. 그래서 영업 담당자로는 성공했지만 영업 관리자로서는 실패하는 이들이 적지 않다.

이러한 문제를 사전에 예방할 수 있도록 기업에서는 영업 담당자들과 마찬가지로 영업 관리자들에게도 승진 전, 후에 영업 관리자로서 역할 수행에 필요한 교육이나 코칭을 통해 역량개발이 될 수 있도록 시간과 예산을 투자해야 한다. 그러나 현실은 영업 담당자 역량개발을 위해 지출되는 비용에 비해 영업 관리자들을 위해 투자한 비용과 시간은 지극히 적다. 아이러니하게도 많은 기업들이 영업 관리자들이 관리자로서 역할을 가르쳐 주지 않아도 잘 수행할 것이라고 믿고 있다. 국내 기업들 중에 일 년에 한 번도 영업 관리자들의 전문성과 역량개발을 위한 교육이나 워크숍을 하지 않는 기업들이 의외로 많다.

뛰어난 성과를 내는 영업 조직을 만들기 위해서는 예비 영업 관리자 풀을 만들고 지속적으로 관리자로서 지위에 맞는 새로운 태도와 역량, 사고방식 등에 대해 교육과 코칭을 체계적으로 제공할 필요가 있다.

영업 관리자들이 해야 할 가장 중요한 역할은 '영업 담당자들의 성장을 통해 성과를 창출하는 것'이다.

이 책은 영업 관리자가 영업 담당자를 어떻게 성장시키고 성과를 높일 수 있는가에 초점을 맞추었다. 특히 뛰어난 영업 관리자들의 공통적인 태도와 반드시 숙달시키고 실행해야 할 5가지 습관에 대해 소개하였다.

모든 사업에는 성공 원칙이 있다. 원칙을 믿고 따르면 유익하고 유용하며 성과에 이르게 된다. 반면 원칙에서 벗어나면 그만큼 많은 문제점과 시행착오가 따르게 되고 좋지 않은 결과를 초래하게 된다. 영업 관리자들은 대부분 자신의 가치관에 따라 조직을 이끈다. 그러나 그 결과는 원칙의 지배를 받는다는 것을 기억해야 한다. 이 책에서 소개하는 '5가지 습관'은 뛰어난 성과를 내는데 필요한 '원칙'이다. 영업 관리자들이 이 원칙들을 익히고 실행한다면 반드시 높은 성과를 경험하게 될 것이다.

이 책의 1부에서는 뛰어난 영업 관리자들이 성과를 내는 방법과, 2부에서는 지속적으로 뛰어난 성과를 나타내는 영업 관리자들의 다음과 같은 5가지 습관들에 대해 살펴볼 것이다.

습관 1. 영업 담당자에 대한 기대를 정의하고 명확하게 소통한다.

습관 2. 성과가 나도록 영업 활동을 하는지 관찰한다.

습관 3. 성과를 위한 강점들과 기회들을 평가한다.

습관 4. 최적의 성과를 위하여 코칭 한다.

습관 5. 영업 담당자가 끝까지 책임지게 한다.

이러한 좋은 습관들은 성과가 좋든 그렇지 않든, 모든 영업 담당자들의 생산성에 영향을 미칠 것이다. 또한 지속적으로 영업 실적을 유지하는 영업 관리 프로세스가 될 것이다.

"처음에는 사람이 습관을 만들지만 나중에는 습관이 사람을 만든다"라는 격언처럼 처음에는 영업 관리자가 이 책에서 제시하는 5가지를 습관화한다면 이 습관들이 영업 관리자를 그리고 영업 조직을 성공으로 이끌어 줄 것이다.

이 책을 통해 성과가 뛰어난 영업 관리자들의 특징을 제대로 이해하고, 5가지 습관을 지속적으로 실천하여 뛰어난 영업 조직으로 거듭나길 기대한다.

2022년 10월
저자 김상범

차례

PART 1 |
뛰어난 영업 관리자들은 어떻게 성과를 내는가?

PART 2 |
성과가 뛰어난 영업 관리자들의 5가지 습관

habit 1 | 영업 담당자에 대한 기대를 정의하고 명확하게 소통한다

habit 2 | 성과가 날 수 있도록 영업 활동을 하는지 관찰한다

habit 5 | 영업 담당자가 끝까지 책임지게 한다

PART 1

뛰어난 영업 관리자들은
어떻게 성과를 내는가?

성과가 뛰어난
영업 담당자에게 집중한다

평범한 영업 관리자는 '공정성'을 강조한다. 이들은 모든 영업 담당자들을 다 같은 방식으로 관리해야 한다고 생각하고 편애하지 않으려 애쓴다. 그러나 뛰어난 영업 관리자들은 모든 영업 담당자들을 동등하게 관리하지 않는다.

무능한 영업 담당자를 위해 시간을 사용하는 것과 뛰어난 영업 담당자를 위해 시간을 사용하는 것 중 어느 것이 더 큰 성과를 가져올까? 전자를 선택하는 영업 관리자들이 의외로 많다. 때로는 다음과 같이 반박하는 영업 관리자들도 있다.

"실적이 저조한 영업 담당자를 위해 시간을 쓰지 않으면 어떻게 그들이 개선되도록 도와줄 수 있습니까?

뛰어난 영업 담당자는 더 이상 가르칠 것이 없습니다. 노력하는 영업 담당자에게 시간을 할애하는 것이 훨씬 효과적입니다."

일반적으로 이 말이 더 생산적으로 보일 수 있다. 그러나 영업 관리자는 관리자가 되는 것이지 선생님이 되는 것은 아니다. 성과가 뛰어난 영입 담당자들은 자신을 가르쳐줄 선생님이 아니라 청중을 좋아한다.

영업 관리자의 존재 이유는 성과가 뛰어난 영업 담당자들이 최고의 성과를 낼 수 있도록 만드는 것이다. 성과가 뛰어난 영업 담당자들은 자신의 성과를 증언해 줄 증인이 필요하다. 이들은 인정에 대한 욕구가 매우 강하며, 영업 관리자가 환호하고 칭찬해 주기를 기대한다.

만약 영업 관리자가 대부분의 시간을 무능한 영업 담당자를 위해 사용한다면 성과가 뛰어난 영업 담당자들과 관계를 쌓기 어렵다. 이들과의 관계는 전화 통화나 메시지로 쌓을 수 있는 성격의 것이 아니다. 관계를 발전시키기 위해서 함께 시간을 보내는 것보다 더 좋은 방법이 있을까?

커뮤니케이션을 용이하게 해주는 기술이 아무리 발달했다 하더라도 인간적인 교감 보다 관계 강화에 영향을 미치지는 않는다. 뛰어난 영업 관리자의 관심과 배려

그림 〈1-1〉 뛰어난 영업 관리자의 시간 관리

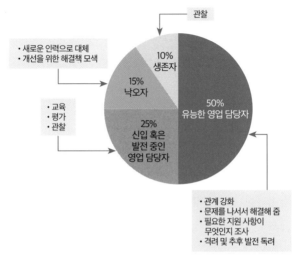

출처: 벤슨 스미스(Benson Smith)·토니 루티글리아노(Tony Rutigliaano), 2003
《최고 판매를 달성하는 강점혁명Discover Your Sales Strength》

는 영업 담당자의 실적을 평균 20% 이상 개선 시킨다. 관심을 줄이면 실적도 그만큼 영향을 받는다. 물론 영업 관리자는 실적이 뛰어난 영업 담당자와 그렇지 못한 영업 담당자 모두를 동일 수준만큼 실적이 개선될 수 있도록 자극할 수 있다. 그러나 회사 입장에서 보면 뛰어난 영업 담당자의 실적 상승이 그렇지 않은 영업 담당자의 상승폭 보다 훨씬 크다.

영업 관리자가 사용할 수 있는 시간은 제한되어 있다. 더 많은 실적을 올리고 더 많은 보상을 받기 위해서 당신은 어디에 시간을 투자할 것인지 선택해야 한다. 평범한 영업 관리자들은 많은 시간을 중간 이하의 실적을 올리는 영업 담당자들에게 할애한다. 그림 〈1-1〉은 뛰어난 영업 관리자가 어떻게 시간을 분배하는지를 보여준다.

이 영업 관리자는 '생존자'들을 위해서는 거의 시간을 쓰지 않는다. 대부분 영업 조직들의 3분의 1, 심지어 절반 정도가 이 그룹에 속한다. 여기에 속한 영업 담당자들은 경험을 통해 그럭저럭 영업을 할 수 있을 정도의 실력을 가진 사람들이다. 그러나 더 이상은 아니며, 또 그 이상 되려고 노력하지도 않는다. 영업 관리자가 시간과 자원을 이들에게 쏟는다 하더라도 마찬가지다. 이들의 실적을 높이는 유일한 방법이 있다면 의무 할당 수준을 높이는 것이다.

신입 영업 담당자들도 영업 관리자의 시간과 관심을 필요로 한다. 신입 영업 담당자들은 실적이 뛰어난 영업 담당자 다음으로 영업 관리자가 시간을 투자해야 할 대상이다. 어떤 영업 관리자들은 신입 영업 담당자들에게 자신의 영업 스타일을 심어주고 싶어 하는데, 영업 성과는 개인이 가지고 있는 고유의 강점과 관련 있다는 것을 알아야 한다. 뛰어난 영업 관리자는 특정한 영업 스타일을 신입 영업 담당자들에게 강요하지 않는다. 대신에 각자의 강점에 근거하여 가장 효과적인 영업 방식을 찾도록 도와준다.

끝으로 영업 관리자는 최악의 영업 담당자를 어떻게 대체할지 결정해야 한다. 일단 대체인력을 찾았다면 원만한 인력 교체를 위해 담당구역 조정에 시간을 투자하고, 실적이 형편없는 영업 담당자지만 대체할 인력이 없는 경우에만 그 영업 담당자가 생존자 그룹에 들어갈 수 있을 때까지 도와주도록 한다. 그러나 많은 시간을 빼앗겨서는 안 된다. 영업 관리자는 최고의 영업 담당자들에게 시간을 가장 많이 투자해야 하며, 이것이야말로 최대의 성과를 기대할 수 있는 투자 방식이다. 그러나 스타 영업 담당자 관리는 말처럼 쉬운 일이 아니다.

많은 영업 관리자들을 보면 열심히는 한다. 열심히 노력하지 않고 뛰어난 영업 관리자가 될 수 없지만 시간을 어디에 써야 할지 신중하게 생각해 봐야 한다. 뛰어난 영업 관리자들은 유능한 영업 담당자들이 만든다는 사실을 명심하길 바란다.

Q. 영업 관리자로서 당신은 영업 담당자들에게 어떻게 시간을 배분하는가?(영업 담당자들을 스타 영업 담당자, 신입 혹은 발전 중인 영업 담당자, 낙오자, 생존자 등으로 구분 후 작성하시오.)

_____

_____

_____

_____

_____

_____

_____

_____

_____

_____

_____

_____

_____

_____

최고의 영업 담당자를 채용한다

많은 영업 관리자들을 인터뷰한 결과를 보면 뛰어난 영업 관리자와 평범한 영업 관리자의 차이는 '스타 관리 능력'에 있음을 알 수 있다. 여기에서 스타 관리란 최고 실적의 영업 담당자를 채용, 유지하고 최고 수준의 생산성을 끌어내는 것을 의미한다.

영업 조직의 시상식에 참석해 보면 일반적으로 '영업 관리자상'을 수상하는 영업 관리자들 대부분은 스타 영업 담당자의 기여로 인해 받게 된다. 한 명의 스타 영업 담당자는 회사 평균 실적보다 6~10배까지 높은 실적을 기록한다.

많은 기업들이 비영업 분야의 직원을 뽑는데는 전문성과 자질, 성품, 그 밖의 종합적인 성장 가능성을 통해 우수한 인재를 확보하기 위해 많은 비용을 투자하고 있다. 그런데 누구든 쉽지 않은 일이라고 생각하는 영업 분야의 인재들은 아무렇게나 관리자의 직관에 의해 채용하는 것이 현실이다. 이것은 사업을 반쯤은 포기하고 시작하는 것과 같다고 할 수 있을 정도로 위험한 일이다.

스타 영업 담당자들이 동료들보다 훨씬 좋은 실적을 기록하는 것은 그들이 가진 재능 덕분이다. 일반적으로 그들은 강력한 재능을 바탕으로 엄청난 노력을 기울인다. 그리고 이런 비범한 재능은 다재다능함이라기보다는 특이함으로 표현될 수 있다. 이 독특한 개성 때문에 스타 영업 담당자들을 관리하기 위해서는 공정함 이상의 까다로운 관리가 필요하다.

만일 당신이 영업 관리자고 새로운 영업 담당자를 채용해야 한다면 무조건 최고의 영업 담당자를 채용해야 한다. 모두가 인정하는 바와 같이 이것은 말하기는 쉽지만 행동하기는 어렵다. 그러나 이 일이 영업 관리자의 업무 중에서 가장 중요한 일이다.

회사에 따라 약간 차이는 있지만, 그림 〈1-2〉영업 담당자 그룹별 생산성 차이를 보면, 상위 25퍼센트와 하위 25퍼센트가 항상 비슷한 결과치를 보여주었다. 지속적으로 상위 10퍼센트 비교군을 봐도 같은 결과를 나타냈다. 이런 상위 10퍼센트에 속하는 최상의 영업사원들을 살펴보면 영업 실적이 전체 평균치 보다 10배 이상인 경우도 자주 있었다.

기업들은 안정된 영업 조직을 갖추고 자사 나름의 명확한 채용 지침을 기반으로 영업 활동을 하고 있다. 공식, 비공식을 떠나서 이러한 지침은 경영진이 해당 사업 분야에서 성공하기 위해 필수적으로 요구된다고 믿는 사항들이다. 그런데 갤럽이 수집한 데이터들과 각 기업들의 지침을 비교해 보면 잘못된 개념들이 얼마나 많은지 알 수 있었다. 경험이 풍부한 유능한 영업 관리자들마저 그러한 잘못된 고정관념에 빠져있는 것이다. 그러면 최고의 영업 담당자를 채용하는 것이 왜 그토록 어려운가?

평범한 영업 담당자를 선택하게 되는 첫 번째는, 겉으로 보이는 것에 잘 현혹된다는 것이다. 일반적으로 눈에 보이는 것을 중시하는데, 이것이 영업에서의 성공에는 아무런 영향도 미치지 못한다. 영업 관리자들은 지원자의 경력이 중요해서 훌륭한 경력을 가진 사람은 완벽

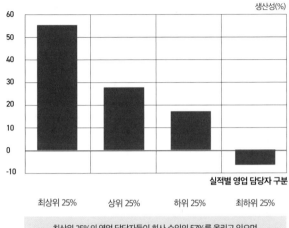

그림 〈1-2〉 영업 담당자 그룹별 생산성의 차이

생산성(%)

실적별 영업 담당자 구분

| 최상위 25% | 상위 25% | 하위 25% | 최하위 25% |

최상위 25%의 영업 담당자들이 회사 수익의 57%를 올리고 있으며,
최하위 25%는 실질적으로 마이너스 효과를 기록했다.

할 것이라고 생각한다. 혹은 다른 사항들을 중요하게 생각할 수도 있다.

예를 들어 지원자가 관계추구경향이 강한 사람이어서 호감이 간다면 영업 관리자들은 일반적으로 그를 채용한다. 혹은 지원자 외모에 강한 인상을 받을 수도 있다. 그러나 이러한 지원자들이 잘 판매할 것처럼 보이지만 나중에 결과를 보면 이렇게 채용된 사람들은 좋은 인상만 가진 경우가 많다.

막 전역한 초급장교 출신들만 영업 담당자로 선발

하는 회사가 있었다. 초급장교로서 책임감과 리더십을 배웠기 때문에 주도적으로 영업을 잘할 수 있다고 믿었다. 영업 스킬만 가르치면 막강한 영업팀으로 만들 수 있다고 믿었던 것이다. 그러나 매우 잘못된 가정이었다. 그들 중 몇몇은 뛰어난 영업 담당자로 변신하기도 했지만 대부분은 회사가 기대했던 영업 담당자의 모습이 아니라 평범한 영업 담당자에 그쳤다.

만약 이벤트에서 사회를 맡아줄 개그맨을 선발한다면 '재미있는 사람인가?'에 초점을 맞추어 질문할 것이다. 그 개그맨이 어느 학교를 졸업했는지, 전공이 무엇인지에는 관심을 가지지 않는다. 영업 역시 개그맨과 마찬가지로 재능에 큰 비중을 두어야 한다. 당신의 영업 담당자는 영업에 필요한 재능을 충분히 가지고 있는가?

두 번째는 시간적 압박이다. 누군가 결원이 발생한 다음에야 채용을 진행하는 경우가 너무도 흔하다. 영업팀에 공석이 생겨도 영업 관리자는 목표를 달성해야 한다. 당연히 영업 담당자를 빨리 채우고 싶을 것이다. 그러다 보니 오래지 않아 아무나 그 자리에 앉히게 된다. 공석 기간이 길어질수록 후보자들 중에서 적임자를 신중하게 선택할 수 있는 기회는 점점 줄어든다.

세 번째는 영업 관리자가 할 수 있는 일을 스스로 과대평가한다는데 있다. 영업 관리자의 명함을 보라. 영업 관리자라고 되어 있지 '인간 개조 전문가'는 아니지 않는가? 영업 관리자가 신입 영업 담당자에게 가르칠 수 있는 것과 영업 담당자가 영업을 성공적으로 수행하기 위해 필요한 재능 사이의 차이를 인정해야 한다. 영업 담당자들에게 상품과 업계 동향, 고객에 관해서는 가르칠 수 있다. 그러나 이들에게 동기가 결여되어 있다면 그것을 주입해 주기는 어려우며 재능을 심어줄 수도 없다. 정신 상태가 올바른 농구 감독이라면 언젠가는 키가 클 것이라 믿고 작은 사람을 선수로 선발하지는 않을 것이다. 마찬가지로 아무리 유능한 영업 관리자라 하더라도 형편없는 지원자를 유능한 영업 담당자로 변화시킬 수는 없다.

네 번째는 최고를 채용할 시간적 여유가 없다고 생각하여 현 업계에 있는 차선을 채용하기 때문이다. 현실적으로 업계의 최고의 영업 담당자를 채용하는 것이 불가능할 때가 많다. 그가 이미 다른 회사에서 일하고 있고 또 잘하고 있기에 직장을 옮길 필요를 느끼지 못하기 때문이다. 이때는 경험 많은 사람이 아니라 재능이 있는 사람을 찾아야 한다. 영업에 요구되는 재능이 무엇인지 생각해 보고, 다른 업계에서 실적은 좀 떨어지더라도 재능의 적합성에 있어서는 더 근접한 사람을 찾을 수 있다.

영업 담당자를 채용하는 일은 어쩌면 당연한 일이다. 그러나 최고의 영업 담당자를 채용하는 것보다 좋은 것은 없다. 최고의 영업 담당자는 다소 독특한 개성의 소유자 일 수도 있다. 평범한 영업 관리자는 이런 사람을 채용하는 것을 두려워한다. 평범한 영업 담당자들과 함께 일하는 것이 더 편해 보이기는 하지만 그런 전략으로 뛰어난 영업팀을 만들기는 어렵다. 성과가 뛰어난 영업 관리자를 보면 최고 수준의 영업 담당자를 채용한다.

Q. 당신의 영업팀에는 스타 영업 담당자가 있는가?

_____

_____

_____

_____

_____

_____

_____

Q. 어떤 역량과 특성을 가진 영업 담당자를 채용해야 성과가 나

는가?

_____

_____

_____

_____

_____

_____

_____

_____

_____

적정 인원을 항상 유지한다

뛰어난 영업 담당자를 채용하는 것도 중요하고, 영업 담당자들이 각자의 재능을 계발하여 성과를 내게 하는 것도 중요하지만, 영업 담당자의 수를 적정하게 유지하는 것도 그에 못지않게 중요하다.

뛰어난 영업 관리자는 평소에 이직과 관련한 업무를 우선적으로 수행한다. 영업 담당자 수를 효과적으로 유지하기 위해 뛰어난 영업 관리자는 어떻게 하는지 살펴보자.

상황에 따라 일정 정도의 이직은 정상적일 뿐 아니라 영업 조직을 위해서도 바람직할 수 있다. 예를 들어 성과가 부진한 영업 담당자가 이직을 하고, 그 자리를 새로운 아이디어와 역량을 가진 영업 담당자가 채워준

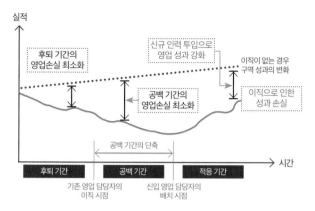

그림 〈1-3〉 적정 인력의 유지

실적

후퇴 기간의
영업손실 최소화

신규 인력 투입으로
영업 성과 강화

이직이 없는 경우
구역 성과의 변화

공백 기간의
영업손실 최소화

이직으로 인한
성과 손실

공백 기간의 단축

| 후퇴 기간 | 공백 기간 | 적응 기간 |

기존 영업 담당자의
이직 시점

신입 영업 담당자의
배치 시점

시간

출처 : 앤드리스 졸트너스(Andris Zoltners) • 프라바칸트 신하(Prabhakant Sinha) • 셸리 로리모어(Sally E. Lorimer), 《성공
을 위한 영업력 구축(Building a Winning Sales Force)》

다면 조직에 활기를 불어넣을 수 있다.

그러나 이직률이 필요 이상으로 높아지면 영업적
손실이 커지므로 이를 방지하기 위한 조치를 취해야 한
다. 특히 실적이 우수한 영업 담당자가 이직하게 되면
다시 원래 상태로 회복하는 데 오랜 시간이 걸리기 때문
에 이직하지 않도록 특별히 더 많은 관심을 기울일 필요
가 있다.

영업 담당자가 이직하면 매출이 감소할 뿐 아니라
대체 인력 투입에 따른 비용이 증가하여 수익성이 악화
한다. 따라서 뛰어난 영업 관리자는 평소에 이직과 관련

한 업무를 우선적으로 수행한다. 이직과 관련한 영업 관리자의 역할은 후퇴 기간, 공백 기간, 적응 기간 등으로 나누어 살펴볼 수 있다.

후퇴 기간

뛰어난 영업 관리자는 평상시에 다양한 루트를 통해 이직 가능성이 높은 영업 담당자를 파악하려는 노력을 계속한다. 정보원은 같은 회사의 영업 담당자일 수도 있고, 다른 회사의 사원일 수도 있다. 경우에 따라서는 경쟁사의 영업 관리자나 고객이 될 수도 있다.

또한 영업 실적의 추이를 통해 이상 징후를 감지한 후 영업 담당자 본인이나 주변인들을 통해 확인해 볼 수도 있다. 이직을 고려하고 있는 영업 담당자가 실적이 좋지도 않고 발전 가능성도 희박한 경우라면 아무런 조치를 취하지 않을 수 있다.

하지만 실적이 우수하거나 지금은 평범하지만 발전 가능성이 큰 영업 담당자라면 신속한 조치를 취한다. 그가 최종 결정을 하기 전에 불만 요인을 찾아 해결해 줌으로써 이직하지 않도록 한다.

공백 기간

이직으로 인한 매출 감소와 기회비용을 생각할 때 공백 기간은 최대한 단축해야 한다. 이직이 발생하고 나서 채용 절차를 시작하면 신입 사원을 교육하고 배치하기까지 시간이 많이 소요될 수밖에 없다.

뛰어난 영업 관리자는 과거의 이직 관련 통계 자료를 분석하여 일정 기간에 발생하는 이직 규모를 예측하고 이를 바탕으로 평소에 일정 규모의 신입 사원을 채용하여 교육훈련을 시키고 이직이 발생하면 바로 배치할 수 있도록 만들어야 한다. 프로야구 구단에서 운영하는 2군에 비유할 수 있다. 1군 선수의 부상, 성적 부진, 갑작스러운 은퇴 등에 대비하여 2군을 적절히 활용하는 것이다.

공백 기간에 특히 유의할 부분은 주요 고객에 대한 관리다. 고객들은 영업 담당자의 부재로 인해 소홀히 대우받고 있다고 생각되면 이기회에 더 좋은 거래 조건을 제시하는 업체로 옮기는 것이 좋겠다고 판단할 수 있다. 특히 우수 고객의 경우에는 경쟁사가 공백 기간을 틈타 유치에 심혈을 기울일 가능성이 높으므로, 해당 구역을 담당하는 영업 담당자가 없어도 주요 고객에 대한 관리가 소홀해지지 않도록 해야 한다.

적응 기간

뛰어난 영업 관리자는 새로 배치된 영업 담당자가 잘 적응할 수 있도록 적절한 도움을 준다. 잘 설계된 교육훈련 프로그램을 통해 신입 영업 담당자가 조직문화에 적응하도록 돕는 한편, 영업에 필요한 지식이나 기술 등을 습득할 수 있게 관심을 기울인다. 또한 영업 현장에서의 세심한 코칭으로 현장 감각을 끌어올려 해당 구역에서의 매출이 최대한 빨리 회복될 수 있도록 한다.

국내 생활가전 렌털 업계나 보험업계를 보면 영업 담당자들의 정착률이 매우 낮은 실정이다. 쉽게 들어오고 쉽게 나가기 때문이다. 이러한 회사들에서 영업 관리자의 주된 업무는 채용이다. 영업 담당자 확보 능력에 따라 평가와 보상을 받는다.

그런데 영업 담당자의 유지나 육성에는 소홀하다. 회사의 관심 부분이 아니기 때문이다. 그러니 사원들이 들어와서는 마음을 붙이지 못하고 쉽게 나갈 수밖에 없다. 관리자가 채용에만 정신이 팔려 있는데, 누가 사원들을 이끌어준단 말인가. 그러다 보니 악순환이 멈추지를 않는다.

Character 3. Self Coaching Note

Q. 당신의 영업팀의 적정인원은 몇 명인가?

Q. 적정 인원을 유지하기 위한 당신의 전략은 무엇인가?

코치형 리더십을 발휘한다

영업 관리자로서 당신은 어떤 유형인가? 일방적인 지시형인가? 아니면 질문하고 설득하는 유형인가? 아니면 푸시(push)형인가? 풀(pull)형인가?

푸시형은 '시키는 대로 하라'는 의미로 독재적인 방법이고, 풀형은 '사람들을 이끌어 가는 민주적 방법'이라 할 수 있다. 영업 관리자는 상황에 따라 이 두 가지 방법을 적절하게 활용할 수 있어야 한다.

영업 담당자의 경험에 따라 적합한 리더십 유형을 적용시키는 것은 중요한 문제이다. 영업을 처음 시작하는 담당자는 지식이나, 기술, 태도 등 모든 면에서 영업 관리자의 디테일한 관리가 필요하다. 반면에 판매 경험이 많고 높은 실적을 나타내는 영업 담당자에게는 교훈이나 피드백을 주는 관리자보다 자신의 업적을 인정해 줄 관리자가 필요하다.

영업 관리자의 리더십이란 영업 담당자들의 역량과 수준에 따라 특정한 관리 방식과 태도를 결정하는 것을 말한다. 성과를 극대화히기 위하여 개인의 역량개발을 지원하는 방식을 달리하는 것은 매우 중요한 문제이다.

풀(pull)형 리더십은 코칭적 접근법을 의미한다. 코칭은 무엇인가를 가르쳐 주는 대신 배울 수 있는 능력을 키워주는 것을 말하며, 영업 담당자가 스스로 가능성을 인지하고 확대하여 능력과 의욕을 높일 수 있게 하는 리딩 방식이다. 전통적인 리더십은 리더에게 구성원의 의욕을 북돋우라고 하지만, 코칭은 구성원이 자발적이고 주도적으로 의욕을 고취할 수 있는 기반을 만들어 줄 것을 요구한다.

코칭에 대한 학계의 통일된 정의는 없지만 코칭은 '구성원의 성과를 극대화하기 위해 개인의 잠재력을 깨우는 것', '조직 목표 달성을 위해 개개인의 학습을 촉진하는 것' 등으로 정의되며 영업 분야에서 영업 관리자 코칭의 개념은 '영업 목표를 달성하고 영업 담당자의 잠재력을 향상시키기 위한 영업 관리자와 영업 담당자 간의 의사소통 과정'으로 정의한다.

　결과적으로 영업 관리자와 영업 담당자가 지속적으로 소통을 하면서 상호 간의 기대를 이해하고 목표를 공유한다면 훨씬 유연한 성과관리를 할 수 있을 것이다.

　이러한 코칭의 특징을 구체적으로 살펴보면 다음과 같다.

- 코칭은 상사가 주도하는 인력개발이다.
- 코칭은 과제 해결 능력의 확장뿐만 아니라 심리적 성숙(자신감, 용기, 의욕, 활동의 의미, 책임감)을 가능하게 한다.
- 코칭은 영업 관리자와 담당자가 서로 신뢰하는 파트너 관계를 기반으로 영업 담당자의 발전을 위해 노력하는 과정이다.
- 코칭은 '요구'하고 '지원'하는 과정이다.
- 코칭은 당면한 문제를 해결하는 과정에서 이루어지는 지원이다. 따라서 영업 담당자의 문제 해결 능력을 키우고 발전시키는 형식으로 이루어진다.
- 코칭은 영업 관리자와 담당자의 공동 목표가 달성되었을 때 끝난다.
- 코치(영업 관리자)는 코칭 대화를 효율적으로 이끌 수 있는 지식과 스킬을 갖추고 있어, 부족한 점을 제때에 발견

하고 개선을 위한 피드백을 제공할 수 있어야 한다.

- 코칭을 받은 당사자는 수동적인 대상이 아니라 적극적인 참여자가 되어 목표 달성을 위해 자신의 잠재력을 발휘하게 된다.

영업 관리사의 리더십 유형은 영업 담당자들에게 크고 작은 영향을 준다. 하지만 어떤 유형의 영업 관리 방식이 영업 담당자들을 지도하고 개발해 가는데 가장 긍정적인 영향을 주는가를 아는 것은 중요한 문제이다.

다음의 다양한 유형을 통해 성과가 뛰어난 영업 관리자는 어떤 유형을 보이는지 살펴보도록 하자.

비평가형 영업 관리자 'A'

A는 영업 담당자 시절 실적이 탁월해 단기간에 영업 관리자로 승진했다. A가 속해 있는 팀에는 많은 영업 담당자가 소속되어 있다. A는 사람들 앞에서 말하는 것을 좋아하고 마음에 들지 않으면 직설적으로 영업 담당자들의 잘못을 자주 지적한다.

스스로는 긍정적이라고 하지만 몇 번 대화해 보면 그가 긍정적인 관리자가 아니라는 걸 쉽게 알 수 있다.

A는 영업 담당자들이 자신의 방식대로 하지 않는 것을 못마땅하게 여기며, 쉽게 흥분한다. A의 그런 모습으로 인하여 상처받는 영업 담당자들도 있다. 철저히 결과를 중심으로 영업 담당자들을 관리하며 현장에서 영업 담당자들에게 무슨 일이 일어나고 있었는지에 관해서는 아무것도 이야기하지 않는다.

A가 영업 관리자로 있는 조직은 한 분기 동안 일시적으로 성과가 나기는 하였으나 지속적으로 성장하지는 못했다. 오히려 A가 영업 관리자로 근무하는 동안에 이직률이 타 지점에 비해 높게 나타났다. A는 이직으로 인한 공백을 새로운 인력으로 대체하는 일에 많은 시간을 보냈다.

결국, 구성원들의 사기는 낮아졌고 영업 담당자들의 불평과 핑계는 지점 내에서 흔히 볼 수 있는 일이 되었다. 일부 영업 담당자들은 A의 지시대로 실행했음에도 불구하고 예외적인 상황이 발생했을 때, 스스로 대처하거나 적용할 수 있는 방법들이 없었기 때문에 좋지 않은 결과로 이어졌다. A는 그것이 자신의 탓이라고 생각하지 않았다. A는 비평가였다.

운명론자형 영업 관리자 'B'

B는 회사가 지향하는 목표나 목적들을 영업 담당자들에게 전달하는 일에 충실한 사람이다. 경영진의 요구 사항이나 회사가 무엇을 중요시하고 우선시 하는지에 대해서 늘 강조하고 설명하려 애쓴다.

B는 영업 딤딩자들이 성과를 내고 회시의 정책들을 준수하는 이상, 영업 담당자들이 현장에서 어떤 활동을 하는지 또는 어떻게 하는지에 대해서는 관심이 없다. B는 대부분 경력 있는 영업 담당자들을 채용하기 때문에 어떠한 영업 관리도 필요하지 않다고 생각하는 사람이다. 또한 B는 적절한 사람을 발굴하여 채용하면 된다고 생각했다.

B는 영업 담당자가 고객을 응대하거나 관리하는 것을 관찰하거나 피드백을 하지 않았다. 그는 지점 할당량에 대한 영업 담당자들의 진척 상황에 대해 매주 알려주었지만 그것에 관하여 영업 담당자들과 구체적으로 이야기하지 않았다.

영업 회의에서 B는 제품에 관한 지식을 주로 강조했다. 영업에 있어서 제품에 관한 지식이 중요하지만, 그것은 판매 과정에서 필요한 한 가지 요소일 뿐이다. 실제로는 잠재 고객과 신뢰를 발전시키고 그들의 니즈를 알아내고 가치를 제시하는 것이 판매에 있어서 훨씬 더 중요하다. 그러나 많은 영업직 종사자들이 제품에 관해서는 적절히 이해하고 있지만 고객과 신뢰를 구축하고 니즈와 가치에 부응하는 것의 중요성을 잘 이해하지 못한다.

만약, 최고의 영업 담당자가 되기 위해서 필요한 것이 제품에 관한 지식뿐이라면, 컴퓨터 프로그래머는 분명히 컴퓨터 시스템에 있어서 최고의 영업 담당자일 것이고, 자동차 정비사들은 차에 대해서 최고의 영업 담당자가 될 것이다. 그러나 대부분의 경우 컴퓨터 프로그래머나 자동차 정비사들이 최고의 영업 담당자가 되지는 않는다.

이처럼 고객과의 관계에서 신뢰를 구축할 수 있는 것, 어떤 문제에 대한 해결책이나 대안을 분석할 수 있는 것, 그리고 그 제품이나 서비스가 어떻게 가치를 제공할 수 있는가를 보여 주는 것이 실적이 뛰어난 영업 담당자들이 하는 일이다. 제품에 관한 지식은 이 과정에서 단지 작은 일부분일 뿐이다.

B는 영업 회의에서 단순히 제품에 관한 지식, 회사 정책들과 업무절차, 그리고 실적 집계 외에 어떤 정보도 제공하지 않는다. B와 함께 근무하는 영업 담당자들

사이에는 무관심, 일종의 '아무려면 어때'라는 태도가 팽배해 있다. 또한 팀원들 간에 서로 흥미를 일으킬만한 열정도 없다. 이직이 많지는 않지만 성과나 활동에 따른 처벌이나 보상도 거의 없다. 생산성 또한 평범하다. 성과가 더 좋아질 수도 있는데 하는 아쉬움이 있다.

결과적으로 구성원들의 대부분이 그다지 영업 활동이나 성과에 도움이 되지 않는 일들에 소비하는 시간이 많다. 하지만 B는 관여하지 않는다. B는 구성원들을 귀찮게 하거나 하기 싫어하는 것을 할 필요가 있을까 하는 태도를 가진 사람이다. B는 운명론자 같은 태도를 가지고 있다.

치어리더형 영업 관리자 'C'

많은 구성원들이 C를 좋아고 C 또한 모든 사람들을 좋아한다. C는 영업 담당자들과 함께 다니는 것을 무척 좋아한다. 그리고 항상 긍정적이다. 가끔은 사안에 따라 영업 담당자와 일대일 대응이 필요하다고 느낄 때가 있지만 C는 영업 담당자들과 불편한 관계에 놓이는 것을 불편해한다. 영업 담당자들이 무엇을 하든 간에 그것에 관하여 못 본 채 하거나 격려하든지 둘 중의 하나다.

C는 매월 마감 결과를 가지고 잘 한 영역에 대해서 칭찬을 해 주었고, 잘못한 부분에서는 묵인하거나 잘 할 수 있을 거라며 격려해 주는 편이다. 영업 회의는 두서 없이 말하며 길고 지루하다. 판매 우수사례 공유와 같은 영업 활동에 도움이 되는 것은 없다.

C와 함께 일하는 것을 모두가 즐거워하지만 지점은 목표를 달성하지는 못한다. 영업 담당자들이 판매에 대한 조언을 구하러 C에게 간다 하더라도 그들은 자신이 원하는 것들을 얻어내지는 못한다. C는 영업 담당자들에게 자신이 부정적인 것처럼 보이거나 갈등을 야기하는 것이 두려워 누군가에게 어떤 것을 잘할 수 있도록 피드백 하는 것을 두려워한다.

C는 치어리더다. 치어리더는 영업 담당자들에게 가끔은 필요하지만 항상 그런 것은 아니다. 영업 담당자들은 C를 좋아하지만 자신들 개인의 실적도 조직의 영업력도 개선되지 않는다는 것을 곧 알게 되었다. 그 후 영업 담당자들의 이직률은 증가하기 시작했다.

코치형 영업 관리자 'S'

S는 매우 활동적이며 결단력이 있다. S는 따뜻하지

만 도전적인 태도를 가지고 있다. 영업 담당자들의 성장에 관심이 있고 개개인이 유능하고 탁월해지기를 원한다. 비록 가끔 거칠어 보이기도 하지만 항상 공정하려 노력하는 사람이다.

처음에 영업 담당자들은 그와 함께 일하는 것을 꺼렸다. S는 영업 담당자들이 이렇게 일하는지에 대해 아주 명확하게 파악하고 있기 때문이다. S는 영업 관리자로서 기대하는 바를 영업 담당자들에게 명확하게 전달했다. 자신이 관리자로서 매출에 대한 책임을 가지고 있었지만, 조직원들과 현장에서 함께 시간을 보내고, 소통하면서 영업 담당자들이 자신만의 영업 스킬을 이용하는 것을 관찰하고 지켜보았다.

그는 시간이 지남에 따라 영업 담당자들을 비판하는 것이 아니라 무엇을 잘하고 있는지 그리고 무엇을 다르게 할 필요가 있는지를 판단하고 알려 주었다. 그리고 많은 경험을 가지고 있는 유능한 영업 담당자라 하더라도 그들이 어떻게 더 성장할 수 있는지를 보여줌으로써 영업 담당자들에게 많은 교훈을 주었다.

S는 1:1 코칭에 대한 믿음이 있다. 그는 구성원들의 숨어 있는 잠재 능력을 개발하고 성과를 올리는 데에 도움을 주었다. 영업 담당자들과 매주 만나서 한주 동안

한일과 자신들이 달성한 결과들에 대해 이야기하였다. 그리고 다음 주의 계획과 자신들이 세운 목표에 대해 이야기했다. 그들은 항상 목표가 있었으며 매주 성과를 검토했다. S는 매월 영업 회의를 통해 영업 담당자들이 현장에서 꼭 필요로 하는 특정 판매 기술에 집중하고 공유할 수 있는 기회를 만들었다.

S가 중요시하는 것은 영업 담당자들의 성장과 실적에서 결과로 나타났다. 비록 S의 스타일을 모든 영업 담당자들이 좋아하는 것은 아니었지만, S는 영업 담당자들이 최고가 되도록 만드는 것에 관심이 있는 사람이다. 이 점은 경험이 풍부하고 실적이 우수한 영업 담당자들에게도 마찬가지다. 비록 그들이 이전 영업직에서 매우 성공적이었던 사람이라 하더라도 S와 함께 일하는 동안에 스스로도 상상하지도 못했던 최고의 기록에 도달하는 모습을 볼 수 있다.

S는 성과가 뛰어난 영업 관리자로서 코치형 리더십을 발휘했다.

Q. 영업 관리자로서 당신은 어떤 리더십의 소유자인가?

_____

_____

_____

_____

_____

_____

_____

_____

_____

_____

_____

_____

_____

_____

_____

_____

_____

_____

_____

_____

_____

_____

영업 활동 과정과 결과를
함께 관리한다

영업 관리자의 관리 스타일은 통제의 유형에 따라 결과관리형과 과정관리형의 두 가지 형태로 구분해 볼 수 있다. 여기서 관리란 통제라는 말로 표현될 수 있으며 '성과를 증대시키기 위해 조치를 취하는 활동 및 시스템'으로 정의할 수 있다.

관리의 목적은 조직이 기대하는 목표들이 달성되도록 보장하는 것으로 조직이 기준에 따라 운영되는지의 여부를 확인하고, 피드백을 제공하기도 함으로써 목표가 정확하게 달성되도록 유지하는 데 있다. 따라서 관리는 모든 조직을 운영함에 있어 필수불가결한 요소이다.

먼저, 국내의 영업 조직에서 가장 흔히 볼 수 있는

유형이라 할 수 있는 결과관리형 영업 조직의 경우는 실적만을 관리하는 전형적인 형태이다. 때문에 영업 관리자가 영업 담당자들에 대하여 목표의 설정, 목표 달성 여부의 추적, 최종 결과와 관련된 피드백 등의 제공에 관심을 갖는다.

영업 관리자들이 최종 결과를 강조할 경우, 영업 담당자들이 스스로 영업 목표를 달성하는데 필요한 노력의 수준을 결정한다. 이 경우, 영업 관리자들이 최종 결과가 성취되었는지 혹은 성취되지 못했는지 그 이유 혹은 해결 방안에 관하여 영업 담당자들에게 정보를 거의 제공하지 않는다. 영업 관리자들의 주된 초점은 단지 목표 설정, 감독, 피드백 제공 등을 통한 최종 결과의 달성 여부이다. 따라서 영업 담당자들로 하여금 조직 목표를 달성하도록 감독, 지시, 평가하는 데 있어서 영업 담당자의 결과물인 최종 성과에 초점을 둔다.

결과관리형의 경우는 실제로 영업 담당자들이 어떻게 현장에서 일하는지에 대한 이해나 과정을 체계적으로 파악하기 어렵다. 또한 영업 활동에 필요한 제품 지식, 영업 스킬, 고객과의 관계 관리 등 기본적인 사항에 대한 파악이 어렵기 때문에 실질적으로 영업이 이루어지는 과정을 체계적으로 관리하기가 어렵다.

두 번째 유형인 과정관리형은 영업 담당자들이 조직 목표를 달성하도록 감시 지시, 평가하는 데 영업 담당자의 판매 스킬과 능력 그리고 행동 성향에 초점을 두는 것이라 할 수 있다. 역량 관리에 초점을 두는 영업 관리자들은 영업 담당자들에게 많은 조언을 하며 영업 담당자의 기술과 능력(고객 접근 방법, 프레젠테이션 등)을 향상시키는 데 초점을 둔다.

따라서 과정관리형은 영업 담당자들에게 영업 행위를 효과적으로 수행하는 방법을 구체화하며, 능력 향상의 정도를 관찰하여 영업 담당자의 역량과 관련된 적절한 피드백을 제공한다. 또한 영업 활동과 같은 복잡한 문제를 해결하고 영업 담당자들이 자신의 능력과 일에 확고한 신념과 믿음을 가지고 있는지의 여부, 고객의 니즈를 파악하고 적응하는 능력 등에 초점을 두고 관리한다.

이 경우는 영업 담당자가 일하는 과정에 구체적으로 개입하는 형태로서 몇 개의 거래처를 방문했는지, 고객에게 몇 번 전화했는지, 출장을 가서 누구와 만났는지, 어떻게 상담했는지 등을 관리하는 것으로 영업 과정을 제대로 이해하고 파악할 수만 있다면 결과 관리 보다 바람직한 관리 방법이라 할 수 있다. 영업 관리자가 영업 담당자의 과정을 관리하다 보면 영업의 질을 제대로 파악할 수 있고, 따라서 전체적인 영업의 수준을 높일 수 있고 결과로 나타나기 전에 과정을 확인하여 신속하게 조치할 수 있기 때문이다. 이러한 과정 관리는 영업 관리자의 성실성과 역량이 동시에 요구되기도 한다.

성과가 뛰어난 영업 관리자는 영업 담당자의 성과와 역량 수준에 따라 관리 스타일을 달리한다. 성과가 뛰어난 영업 담당자들에게는 판매 과정에 대한 개입을 최소화하고, 요청사항에 대한 빠른 해결을 위해 내부 코디네이터의 역할을 하며, 최고의 결과를 내도록 지원에 중점을 둔다. 반면에 보통 이하의 실적을 나타내는 영업 담당자들을 대상으로는 과정 관리를 통해 전체적인 영업 활동 수준을 높이는데 중점을 둔다.

많은 기업들이 탁월한 성과를 이룬 영업 담당자들의 성공적인 체험 사례나 노하우를 전수하기 위하여 교육 기회를 제공하거나 책을 출간하기도 한다. 그러나 이들의 성공사례를 다른 영업 담당자들이 모방하고 흉내내려 해도 그와 같은 성과를 내기란 매우 힘들다. 왜냐하면 특정한 영업 담당자가 가지고 있는 암묵적 노하우를 형식적 지식으로 일반화하여 공유하기가 대단히 힘들기 때문이다.

그래서 영업 현장에서는 몸으로 때우거나 자신의 스타일대로 수많은 시행착오를 겪은 뒤에 성과를 내거나, 그렇지 않으면 어깨너머로 배워가는 과정에서 대부분 어려움과 난관에 부딪혀 좌절하게 된다. 따라서 결과만을 또는 과정만을 관리하기보다는 실적과 역량, 동기부여 정도에 따라 개개인의 활동 과정과 결과를 함께 관리하는 것이 답이다.

영업점 내의 많은 영업 담당자들을 아침 조회 시간을 통해 경구나 명문장 몇 구절 인용하는 교육만으로 동기부여 시킬 수 없다. 사람의 뇌구조는 그처럼 간단하지 않다. 성과가 뛰어난 영업 관리자를 보면 영업 담당자의 성과와 역량 수준에 따라 영업 활동 과정과 결과를 함께 관리한다.

Q. 당신은 영업 담당자들의 영업 활동을 어떻게 관리하는가?(과정 관리 vs 결과 관리)

_____

_____

_____

_____

_____

_____

_____

_____

_____

_____

_____

_____

_____

_____

_____

_____

_____

_____

_____

완충기 역할을 한다

영업 관리자라는 직책은 회사와 영업 담당자 사이에 끼어있는 존재이다. 때로는 좋은 회사들도 이해하기 어려운 결정을 하거나 조치를 취한다. 그럴 때면 영업 관리자 자신도 그 결정에 동의하지 않을 수 있다. 그러나 그런 때조차 회사의 입장을 지지하고 구성원들을 설득해야 하는 것이 영업 관리자에게 주어진 역할이다.

어설픈 영업 관리자들은 회사의 결정을 지지하는 대신 결점을 지적하여 회사를 불편하게 한다. 인기 없는 결정에 대해서 주인의식을 가지고 대처하기보다는 부정적인 이야기를 하는 영업 담당자들과 합세하여 회사를 비난하는 것이다. 그러나 만약 영업 관리자가 영업 담당자들과 회사를 비난하는 소리에 가담한다면 그것은 영업 담당자들이 회사를 떠날 가능성만 높일 뿐이다.

변화를 받아들이고 영업 담당자들을 설득하는 태도는 조직에 대한 충성도를 높인다. 어려운 시기에 어설픈 영업 관리자들은 영업 담당자들의 충성심이 붕괴되는 사태를 경험하지만 반대로 유능한 영업 관리자들은 오히려 그것을 강화시킨다.

이와 같은 맥락에서 유능한 영업 관리자들은 영업 담당자들의 의견을 충분히 걸러서 회사에 전달한다. 또한 외교적인 태도로 영업 담당자들에게 중요한 사항을 관철시키기 위해 회사와 소통하며 노력한다.

이와 같이 완충기로서의 영업 관리자의 역할은 스타 영업 담당자들에게는 더욱 중요하다. 그들은 다른 사람들 보다 몇 배나 더 많이 판매하는 만큼 더 많은 지원을 필요로 한다. 회사 내부 지원부서 사람들은 그들이 얼마나 파는지 알지 못하고 자주 불평이나 호의를 요구하는 것을 짜증스러워하기도 한다. 그래서 가끔 스타 영업 담당자들은 본사의 통제나 지원 부서와의 갈등으로 인해 감정이 상해 회사를 떠나기도 한다. 이런 일이 발생할 때마다 영업 관리자들은 피해를 줄이기 위해 조정자(Coordinator) 역할을 해야 한다.

유능한 영업 관리자는 영업 담당자들을 회사에 붙

여놓는 접착제와 같은 역할을 한다. 그리고 충격을 흡수
하는 완충기 역할을 한다.

Q. 당신은 회사와 영업 담당자들 사이에서 어떤 역할을 수행하는가?

_____

_____

_____

_____

_____

_____

_____

_____

_____

_____

_____

_____

_____

_____

_____

_____

_____

_____

_____

_____

_____

_____

PART 2

성과가 뛰어난
영업 관리자들의
5가지 습관

habit 1

영업 담당자에 대한
기대를 정의하고
명확하게 소통한다

영업 조직 내에서 영업 관리자와 영업 담당자 간의 커뮤니케이션의 목적은 영업 관리자가 영업 담당자들에게 무엇을 기대하는지를 명확하게 이해시키고 영업 담당자가 그것에 집중하게 하기 위한 것이다. 영업 관리자의 기대를 명확히 하고 전달한다는 의미는 마치 퍼즐의 완성된 모습을 영업 관리자와 영업 담당자가 함께 바라보는 것과 같다. 즉, 영업 관리자의 입장에서는 영업 담당자에게 미래에 대한 청사진을 보여주고 그 청사진을 위해 어떤 것들을 제공해 줄 수 있고 도와줄 수 있는지를 구체적으로 이해시키는 과정이다. 또 영업 담당자의 입장에서는 자신의 미래에 대해 완성된 그림을 영업 관리자와 함께 그려 보며 자신의 미래의 모습과 현재의 모습 속에서 갭을 인지하고 무엇을 개발하고 어떤 노력을 해야 할지를 이해하는 과정이라 할 수 있다.

뛰어난 영업 관리자들은 자신의 기대에 대한 전달을 통하여 영업 담당자의 성공을 위한 방향을 설정한다. 뛰어난 영업 관리자들은 자신의 기대에 관해서 구두상으로 영업 담당자들과 커뮤니케이션할 뿐만 아니라 행동을 통해서도 커뮤니케이션한다. 왜냐하면 누군가에게 말하는 것만으로는 상대가 그 기대를 이해하고 그것에 집중하리라는 것을 보장할 수 없기 때문이다. 따라서 커뮤니케이션한다는 것은 단순히 말하는 것만을 의미하는 것이 아니다. 커뮤니케이션은 어떻게 말하는가, 그리고 말하는 사람의 태도나 표현에 대해 상대가 어떻게 반응하는가를 의미한다.

실제로 영업 관리자와 영업 담당자 사이의 의사소통은 매우 복잡한 과정이다. 영업 관리자는 자신의 의도를 언어나 비언어적 수단으로 전달해야 한다. 뿐만 아니라 메시지를 전달받은 영업 담당자는 다시 이를 정확하게 이해하고 수용해야 한다. 이 과정 역시 정보가 전달되는 채널, 그리고 대화 과정에서 환경적 요인에 의해 오류가 발생할 수 있다.

영업 관리자의 커뮤니케이션은 단순히 미팅을 하고 공식적인 회의 과정에서만 발생하는 것이 아니다. 영업 관리자는 항상 말과 행동을 통해서 자신의 의사를 정확하게 전달할 수 있어야 한다. 뛰어난 영업 관리자들은 자신의 메시지를 전달하기 위한 매우 강력한 능력을 보유하고 있는 사람들이다. 따라서 자신의 일거수일투족이 영업 담당자들이 추구하는 이상과 비전 그리고 지켜가고자 하는 원칙과 가치에 부합하는지를 점검하고 롤 모델이 되어야 한다.

많은 영업 관리자들이 단순한 말하기나 지시하기를 조직원들과의 커뮤니케이션이라고 혼동하는데, 이것은 단지 한 방향의 일방적인 전달일 뿐이다. 따라서 일방적 지시나 말하기는 영업 관리자가 영업 담당자들과 자신의 기대에 관하여 커뮤니케이션하고 그들이 그것에 집중하도록 하기에는 추천할 만한 방법이 아니다.

영업 관리자들과 영업 담당자들에게 각각 서로에게 기대하는 바가 무엇인지를 질문해 보라. 그리고 정확히 알고 있는지 확인해 보라. 그런 후 양쪽의 대답을 비교해 보면, 대개 차이가 있다. 왜냐하면 업무에 대한 상호 기대가 명확하게 정의되어 있지 않았고, 서로 그것에 관해 커뮤니케이션이 이루어지지 않았기 때문이다.

직무기술서를 반드시 활용하라

직장에서 흔히 접할 수 있는 '직무기술서'란 특정 직무의 역할과 책임, 권한, 직무를 효율적으로 수행할 수 있는 자격요건에 관한 정보를 체계적으로 기술한 것으로서 각 직무별로 작성한다.

직무기술서는 기대에 대한 의사소통을 하기 위한 출발점이다. 그런데 많은 영업 조직들이 직무기술서가 없음은 물론 작성할 필요조차 느끼지 못하는 경우가 많다. 영업 조직 내에서 대부분의 영업 담당자들은 자신이 해야 할 일이 단지 판매라고 인식하는 경우가 대부분이다. 뛰어난 영업 관리자라면 영업 담당자들에게 직무기술서를 작성하게 하고 그것을 서로 검토하고 나서 팀원들과 개별적으로 역할과 책임에 대해 명확히 해야 한다. 이것은 영업 담당자들이 자신의 역할과 책임에 대해 명확히 이해했으며, 회사가 자신들에게 기대하는 것이 무엇이라는 것을 이해했다는 것을 분명하게 해 주는 것이다.

직무기술서를 작성하고 합의하는 과정은 영업 담당자가 회사, 영업 관리자, 고객, 동료의 기대나 요구에 대해 명확하게 인식하고 그 기대에 부응하기 위해 필요한 지식과 정보를 이해하고, 활동 중에 발생할 수 있는 문제들에 대해 상호 책임을 분명히 하는 데 도움을 준다. 직무기술서는 관리부서나 지원부서 직원들만 작성하는 것이라는 생각에서 벗어나야 한다.

직무기술서는 업무의 모호함으로부터 벗어나게 하며 예비 영업 담당자들이 해야 할 업무가 무엇을 수반하는지를 이해하는데 큰 도움을 준다. 또한 영업리더들에게는 자신의 기대를 영업 담당자들에게 전달하는 데 도움을 준다.

물론 영업 현장의 현실이 회사나 고용 형태에 따라 모든 영업 담당자들에게 직무기술서를 적용하기는 힘들 수도 있다. 예를 들어 단순히 신분증이나 주민등록 등본 한 통만으로 회사를 대신해 영업 행위를 대리할 수 있는 위촉직 영업 담당자들의 경우가 그렇다. 하지만 이러한 기업들도 최소한의 '판매위임계약서'나 '판매대리인등록증'과 같은 것들을 통해 직무기술서의 기능을 대신할 수 있다.

중요한 것은 영업 관리자가 영업 담당자에게 기대하는 바를 명확하게 인식하고 있고 그것을 명확하게 전달하고 있는가 하는 것이다.

영업 부문에서 주로 사용하는 직무기술서는 공통적으로 영업 담당자의 역할과 책임, 표준 활동과 단계, 활동 계획 및 보고서의 작성, 가망고객의 발굴, 기존 고객의 관리, 고객 정보의 유지 및 관리, 클레임의 처리, 예산의 활용, 입금, 목표 그리고 이에 필요한 요건 및 스킬, 태도와 스킬에 대한 기대 사항 등을 포함한다.

만약 직무기술서를 활용하고 있다면, 영업 관리자의 기대를 명확하게 전달할 수 있도록 항목들이 구성되어 있는지 검토해 보는 것이 중요하다. 그리고 영업 담당자들과 내용에 대해 합의함으로써 전념할 수 있도록 해야 한다. 만약 직무기술서를 가지고 있지 않다면 작성해 볼 것을 권한다. 인터넷에 훌륭한 자료들이 많이 있다(국가 직무능력 표준 : NCS 등 참조).

영업 담당자와
상호 커뮤니케이션 하라

영업 관리자는 개별적으로든, 팀 미팅을 통해서든 조직의 목표와 전략에 대해서 영업 담당자들과 커뮤니케이션한다.

경영진의 니즈를 파악하고 정리하여 영업 담당자들과 목표 달성 방법들을 함께 검토하여야 하며 또한 영업 담당자들이 목표에 집중할 수 있도록 그들의 생각과 의견을 경청하고 긍정적으로 지지하며 직무기술서의 내용에 상호 합의한다.

이러한 직무기술서 검토 시 고려할 사항은 다음과 같다.

• 명확하고 정확하게 무엇을 기대하는지를 기술하고, 상호

간에 서로 잘못된 기대를 하게 만들지 말아야 한다.

- 영업 담당자들이 좋아하지 않으면 어떻게 할까 두려워하지 말고, 영업 담당자에게 꼭 필요한 일을 명확하게 전달하는 것이 중요하다.
- 직무기술서의 내용에 따라 영업 담당자들에게 기대하는 활동과 목표 달성에 대한 기대를 모든 팀원들에게 전달한다.

사후 관리까지 신경 써라

영업 담당자에 대한 기대를 정의하고 명확하게 전달하는 것은 한 번의 면담이나 회의로 끝나는 것이 아니다. 이것은 지속적인 사후 관리가 필요한 항상 진행 중인 과정이다. 유능한 영업 관리자들은 다음과 같이 사후 관리를 한다.

- 영업 담당자에게 기대하는 바를 점검, 관찰하고 평가함으로써 영업 담당자들이 영업 관리자의 기대에 대해 책임감을 가지고 헌신하도록 상기시킨다.
- 지속적으로 정보를 제공하고 경청하면서 함께 일한다.
- 피드백을 하되 비난은 하지 않는다.

여기서 하나의 목표를 달성하고 나면, 팀의 성공을 축하하고 목표를 달성한 사람들을 공개적으로 칭찬한다. 축하와 칭찬은 사람들에게 힘을 불어 넣어주고 미래의 새로운 활동에 대해 준비시켜 주는 효과가 있다.

물론 하나의 목표 달성은 과정의 끝이 아니다. 영업 관리자와 팀원들은 목표 달성 후에 새로운 계획 수립과 업무 실행 과정에 대해 재검토해야 한다. 영업 관리자는 자신과 팀원들에게 다음과 같이 질문을 던지고 그 답변들을 정리해 놓는다.

- 어떤 것이 효과가 있었고, 어떤 것이 효과가 없었나?
- 목표 달성으로 우리가 기대했던 이익이 발생했는가?
- 만약 이일을 다시 한다면 어느 부분을 다르게 할 것인가?
- 일을 더 잘 할 수 있도록 팀에 충분한 자원과 권한이 주어졌는가?
- 향후 더 큰 목표를 잘 달성하기 위해 추가해야 할 것들은 어떤 것들이 있는가?

사후 관리로부터 얻는 교훈은 매우 소중하다. 영업 관리자와 팀원들은 그 교훈들에 대해 충분히 이야기를 나누고 자기 것으로 만들어야 한다. 만약 이전의 목표가 너무 쉽게 달성되었다면 앞으로의 목표는 조금 더 어려운 것으로 정하는 것이 바람직하다. 그러나 목표를 달성하는데 지나치게 노력이 들었다면 새로운 목표는 좀 더 쉽게 정하는 것이 좋다.

목표를 추구하면서 어떤 스킬이 부족하다고 느꼈다면 그 스킬을 익히는 것을 실행 목표로 정해야 한다. 목표가 비현실적이었다면 새로운 목표는 팀의 상황을 반영하여 설정하도록 해야 한다. 이것이 목표 달성을 통해 성과에 다가가는 길이다.

함께 꿈꿀 수 있는
기대와 비전을 공유하라

기대를 정의하고 커뮤니케이션하는 것은 영업 담당자에게 현재의 위치, 가고 있는 방향, 그리고 목표에 도달하는 방법을 알게 해 준다.

영업 담당자에 대한 기대를 정의하고 영업 담당자와 커뮤니케이션하는 이러한 상호작용이 없다면 영업 담당자들은 방향을 잡지 못하고 사기가 저하되고 부정적이 될 수 있다. 영업 담당자들에게 비전을 보여주고 지지를 얻는 것은 뛰어난 영업 관리자가 되는데 중요한 열쇠가 된다.

기대를 전달하는 것은 영업 관리자와 영업 담당자 모두에게 우리의 역할이 무엇이며, 그것을 어떻게 하기를 기대하고 있는지, 그렇게 하는 것이 왜 중요한지, 그리고 기대를 충족시키기 위하여 어떤 일들을 해야 하는지를 명확하게 알려 준다. 이것이 뛰어난 영업 관리자가 하는 가장 중요한 일 중 하나이다.

영업 관리자의 기대는 영업 담당자의 비전이 될 수 있다. 전통적인 영업 관리자들은 단지 현상을 유지하는데 급급하지만, 뛰어난 영업 관리자는 구성원들이 비전에 따라 행동하도록 돕는다. 일상일 뿐 아니라 조직의 변화 과정에서 비전이 하는 매우 중요한 기능은 다음과 같다.

첫째, 효과적인 비전은 현재와 미래를 연결한다. 비전을 가진 사람들을 그 비전에 따라 일상에 의미를 부여하고 현재를 미래의 비전과 관련지어 새로운 에너지를 창출한다. 예를 들어 과업에 매여 지루한 일상 속에 갇혀 있는 영업 담당자가 있다고 가정해 보자. 현재의 수많은 요구가 쏟아놓은 단기적인 기대 때문에 근시안적인 안목에서 일상을 살아야 한다면 진정한 자기 가치를 구현하지 못할 것이다. 아마도 시간이 갈수록 고역이 될 것이다. 그러나 가슴속에 매력적인 비전을 품고 있는 영업 담당자가 있다면 현재의 일이 아무리 고되고 힘들다 할지라도 장차 더 가치 있고 중요한 일을 개발하는 일과 관련되어 있음을 인식하게 될 것이다.

마감일에 대한 압박, 성과에 대한 압력, 즉각적인 문제 해결의 요구 속에서 대부분 영업 담당자들은 현재의 일상에 갇혀 있기 쉽다. 그러나 영업 관리자의 기대와 미래에 대한 자신의 꿈과 열망을 가진 영업 담당자들은 일상에 충분한 의미를 부여한다. 이때 현재의 일은 더 이상 단순한 과업이 아니라 일상의 반복과 의무감을 넘어 가치 있고 의미 있는 일이 된다.

둘째, 비전은 영업 담당자들의 몰입을 이끌고 동기를 부여한다. 사람들은 자신의 일에 열정을 가지고 싶어 한다. 강력한 비전은 최선의 노력을 통해 현재에 도전하게 함으로써 사람들의 열정과 에너지를 끌어낸다. 리더십의 비밀은 이러한 비전의 힘을 어떻게 활용하는가와 관계되어 있다. 사람들은 자신이 진심으로 흥미 있다고 생각하는 일에 시간과 에너지를 집중한다.

셋째, 사람들은 자신의 일 속에 숨겨진 의미를 발견하고 자

부심을 느끼고 싶어 한다. 반복적인 일을 수행하는 사람들조차 자신의 일 속에서 가치와 목적이 있다는 것을 발견할 때, 자긍심을 느끼는 것은 당연한 일이다. 훌륭한 비전은 사람들이 하고 있는 일을 새롭게 규정하고 가치를 부여한다.

넷째, 비전은 최고의 성과 수준을 결정한다. 비전은 구성원들이 노력한 정도를 평가하는 척도다. 구성원들은 자신이 한 일이 제대로 수행되었는가를 알고 싶어 한다. 비전은 사람들의 행위에 초점을 제공하고, 미래의 모습에 대해 선명한 그림을 제공함으로써 구성원들이 무엇을 어떻게 해야 하는지를 설명해 준다. 예를 들어 영업 담당자가 고객에게 최고로 인정받는 영업 담당자가 되어야겠다는 비전을 가진다면, 비전으로 인해 이전에 하지 않았던 방식을 시도함으로써 여기에 부합하고자 노력하게 된다.

좋은 비전은 구성원들의 마음을 움직이며, 동기를 부여한다. 고식적이고 재무적인 목표로 가득 찬 비전이 이 같은 힘을 발휘할 것이라고 생각하는 것은 난센스다. 따라서 영업 관리자는 진정으로 구성원들의 열망을 담아내는 비전을 제시하고 이들의 마음을 사로잡을 수 있어야 한다. 그렇다면 어떤 비전을 제시하는 것이 바람직한가? 여기에는 정답이 있는 것이 아니지만 몇 가지 중요한 요소를 고려할 필요가 있다.

먼저, 비전 안에 조직과 개인들이 원하는 미래에 대한 명확한 이상을 포함시켜야 한다. 비전이 미래에 대한 기대를 불러일으킨다면 구성원들은 진심으로 동기부여된다. 다음으로 비전은 사람들의 마음을 충분히 사로잡도록 사람들을 관여시키고 그들에게 직접적인 의미를 제공할 수 있어야 한다. 다시 말해 리더 개인의 비전이 아니라 구성원 모두가 꿈꾸는 것이어야 한다는 말이다.

그들에 대한 관심과 욕구를 반영하는 진정성은 비전을 살아 꿈틀거리게 할 수 있다. 또 훌륭한 비전은 현재의 일상을 넘어 미래로 가는 중대한 변화를 촉구할 수 있다. 변화는 두려움이지만 이 변화의 두려움을 뚫고 갈 수 있는 것은 선명한 비전이 있기 때문이다. 기꺼이 모험과 위험을 감수하는 변화를 조장할 수 있는 비전이 만들어질 때 탁월함을 성취할 수 있다.

비전의 마력은 사람들의 숨겨진 재능과 잠재력을 발현시킨다. 그것은 우리들 마음속에 들어있는 잠재력을 깨우고 함께 꿈꾸는 미래를 향해 도전하게 한다. 리더는 자신은 물론 조직을 성장시킬 수 있는 생생한 비전을 개발하고 이를 공유하는 일을 첫 번째 역할로 삼아야 한다.

영업 관리자가 영업 담당자들의 적극적인 참여와 몰입을 이끌어낸다 할지라도 비전과 전략을 통해 구체적인 방향을 설정하는 일을 외면한다면 진정한 성취는 불가능하다. 리더는 조직의 미래를 위해 비전을 창안하고 이를 전략적으로 행동과 연계함으로써 구성원들을 이끌고 에너지를 집중시켜야 한다.

많은 영업 조직이 공개적인 회사의 비전을 밝히고 사무실 액자 속에 이 비전을 담아내고 있지만, 정작 이것이 구성원들의 마음속에 자리 잡고 있는지는 의심스럽다. 그런 비전은 단순한 환상이며 백일몽에 불과하다. 구성원들은 이러한 영업 관리자의 행동에 대해 회의를 품고 점차 의욕을 잃게 되며 조직에서 이탈하게 된다.

기대를 명확하게 전달할 수 있도록 훈련하라

뛰어난 영업 관리자의 5가지 습관을 실행하는 데 있어서 영업 관리자들이 직면하는 가장 큰 도전들 중의 하나는, 기대를 명확하게 전달하는 필요성을 인식하는 것이다. 다른 사람들에게 무엇을 기대하는지를 나열하고 표현하는 것은 우리에게 그다지 익숙한 일은 아니다. 따라서 기대를 전달하는 것이 자칫 어떤 약속이나 규율과 같은 것으로 이해될 수 있으며 영업 담당자들이 불편함을 느낄 수도 있다. 따라서 비전을 담은 기대를 전달해야 한다.

명확한 기대의 전달과 영업 담당자에 대한 훈련은 단호하면서도 우호적인 방법이어야 한다. 앞서 언급했던 영업 관리자의 태도와 관련한 사례를 상기해 보자.

'비평가형 영업 관리자' A는 단호했지만 우호적이지는 않았다. '치어리더형 영업 관리자' C는 우호적이긴 했지만 단호하지는 않았다. '운명론자형 영업 관리자' B는 회사 정책을 따르는 것에는 적극적이었지만 영업팀을 대하는 데 있어서 우호적이지는 않았다. '코치형 영업 관리자' S는 단호하면서도 우호적이었다. 목표를 확고하게 설정하였으며 기대하는 행동이나 방법을 명확히 전달하였다.

긍정적 훈련의 중요성

사람에 따라 '훈련'이라는 단어에 대한 느낌은 다양하다. 어떤 사람은 성장과 발전을 위한 필연적인 인내의 과정으로 생각하기도 하고, 또 어떤 사람들은 힘들고 지겨운 부정적인 의미로 생각한다. 그러나 영업 관리에 있어서 훈련은 그런 의미의 훈련이 아니다.

누군가를 훈련시키는 것은 그들을 건전한 의미의 추종자 또는 문하생을 만드는 과정이라 할 수 있다. 그 과정을 통해 필요한 기술을 개발시키고 이끌어 주는 것이다. 따라서 훈련은 부정적이며, 하지 말아야 할 것에 초점을 맞추는 것이 아니라 긍정적이며 해야 할 것에 초점을 맞추어야 한다.

앞에서 언급한 영업 관리자들의 사례를 다시 생각해 보면, '비평가형 영업 관리자' A는 훈련을 부정적으로 사용하는 사람의 본보기였다. 그는 지속적으로 부정적인 것에 집중했다. '코치형 영업 관리자' S는 긍정적이었다. 그는 긍정적인 것, 그리고 해야 할 일에 집중함으로써 구성원들을 훈련시킨다. 또한 훈련을 통해 팀원들을 지지자 내지는 제자로 만들었다.

훈련에도 리더십이 필요하다

조직이나 사람들을 훈련시키기 위해서는 리더십이 필요하다. 뛰어난 영업 관리자들이라면 구성원들로부터 환영받지 못하는 결정을 할 수도 있고, 싫은 소리를 해야 할 때도 있다. 그러나 그것이 구성원들을 공격하는 것이 아니라 발생한 문제들이나 행위들에 대해 피드백을 주는 것이라야 한다.

영업 관리자들은 영업 담당자들이 자신을 좋아하지 않거나 지지하지 않는 결정을 하는 것을 두려워하지 않을 수 있어야 한다. 많은 영업 관리자들이 영업 담당자들로부터 지지를 받지 못하는 결정을 하는 것을 두려워하거나 자신의 기대를 영업 담당자들에게 표현하고 전달하는 것에 관해 익숙하지 않아 마음고생을 한다. 그러나 영업 관리자들은 영업 담당자들에게 독려하기도 하고 기대를 표현하고 명확하게 전달하여야 한다. 그리고 기대를 충족시키기 위해 필요한 기술들을 개발하고 개선해야 할 책임이 있다는 것을 분명히 인식해야 한다.

영업 담당자의 학습을 촉진시키기 위한 영업 관리자의 활동 중에서 특히 기대를 명확히 하고 이를 전달하는 행동은 매우 중요한 것이다. 왜냐하면 이를 통해 학습 목표와 기대수준을 정의할 수 있기 때문이다. 영업 관리자는 유능한 코치의 태도로써 영업 담당자들에게 명확한 목표와 기대를 설정하고 이것이 그들에게 얼마나 중요한지 전달해야 한다.

'효과'는 영업 관리자의 태도에 따라 달라진다

앞에서 이야기했던 영업 관리자들의 태도를 다시 상기시켜 보자. 여기서 영업 관리자들은 영업 담당자에게 기대를 표현하고 전달했지만 그것이 구성원들에게 미치는 영향은 현저한 차이가 있었다.

'비평가형 영업 관리자' A는 자신이 생각하기에 중

요한 판매 활동들에 관하여 영업 담당자들에게 전달했고, 영업 담당자들이 그것을 따르고 활용할 것으로 기대했다. 그러나 영업 담당자들이 그 방법대로 시도해 보았을 때 별 효과가 없었다. A는 영업 담당자들을 심하게 꾸짖었으며 그들의 실수들을 코칭하기 위함이 아니라 비판할 기회로 인식했다.

또한 영업 담당자들의 태도와 활동이 마음에 들지 않을 때 그것을 자신이 직접 나서서 하려고 하였다. A와 팀 사이에는 부정적인 마찰이 너무 많았다. 영업 담당자들은 자신들이 왜 이러한 것들을 해야 하는지를 이해할 수 없다. 영업 관리자가 무엇을 원하는지는 명확하지만 팀에 미치는 영향은 비판적이고 파괴적이다. 그 결과는 지점의 사기 저하와 이직률 상승으로 이어진다. '비평가형 영업 관리자' A는 명령하고 요구하지만 세심하게 가르쳐 주지 않았기 때문이다. A는 규칙과 결과만을 가지고 통제하고 단속만 했다.

'코치형 영업 관리자' S는 최적의 영업 성과를 얻기 위해서 꼭 지켜야 할 특정 판매 활동과 프로세스들이 있다고 설명했다. 또한 그러한 활동이 왜 중요하며 어떤 의미가 있는지, 그리고 목표 달성을 위해 그 활동들이 어떻게 도움을 주는지를 설명했다. 영업 관리자가 롤 모델이 되어 시범을 보여주었고 영업 담당자들이 능숙하게 활용할 수 있을 때까지 현장에서 함께 일했다. S의 리더십 스타일은 영업 담당자들에게 많은 영향을 끼쳤으며, 높은 성과로 이어지고 전체 생산성 향상은 물론 사기진작, 이직률 감소로 이어졌다. 영업 담당자 개개인들을 성장시키는 결과를 가져왔다.

'운명론자형 영업 관리자' B는 회사의 정책들과 경영진의 강조사항들을 준수하는 것에 관한 영업 관리자로서의 기대를 전달했다. 그는 제품에 관한 지식이 얼마나 중요한지를 자주 전달했다. 또한 경영진의 강조사항을 구성원들이 이행해 줄 것에 대한 기대를 전달하였다. B에게는 경영진의 기대를 충족시켜주는 것이 아주 중요했기 때문이다. B는 영업 담당자들에게 필요한 중요한 판매 활동에 대해 언급하는 경우는 거의 없었다.

'치어리더형 영업 관리자' C는 만사가 OK였다. C는 모든 사람들이 서로 잘 지내고 서로 사랑해야 한다는 식으로 그의 기대를 전달하였다. 그는 마치 정치인 같았다. 누가 무엇을 하든지 괜찮았다. 그는 영업 담당자들에게 중요한 판매 활동들이 있다는 것을 아는지 모르는지 결코 그것에 관해 언급하지 않았다.

변화형 관리자가 돼라

뛰어난 영업 관리자들은 자신이 변화 관리자라는 인식이 분명하며, 영업 담당자들의 태도와 행동을 주도적으로 변화시켜 나간다. 이는 영업 담당자들에게 기대가 무엇이며, 왜 그것들이 중요한지, 그리고 어떻게 하는지를 명확하게 전달하는 것을 의미한다.

변화 관리는 기존의 기술, 방법, 성과 기준, 혹은 어떤 조건을 개선하고자 하는 데 초점을 맞추는 것으로 구성원들은 이 과정을 통해 자신을 성장시키고 능력을 확장하는 경험을 한다. 변화 과정은 근본적으로 불확실성에 대한 도전이며 모험이다. 따라서 진정한 용기와 신념이 없다면 성공하기 어렵다.

판매 활동에 대한 기대 전달에 집중하라

기대를 전달한다는 것은 단순히 영업 담당자들이나 팀을 불러 모아 영업 관리자가 원하는 것에 관한 그림을 그리게 하는 것이 아니다. 그것은 목표 달성을 위해 영업 담당자들을 핵심적인 활동에 집중하게 하고 성장시키는 것을 의미한다. 또한 그것은 영업 담당자들에게 단순히 일주일에 몇 건의 약속을 잡으라고 말하는 것 정도를 의미하는 것이 아니다. 말로 전달만 하는 것과 실제로 일어나는 것과는 분명히 다르다.

앞에서 언급한 바와 같이 말로만 하는 것은 변화를 거의 가져오지 않는다. 말로만 전달하는 것은 영업 담당자들의 입장에서 보자면 그것을 달성하고 성취하는 방법에 관해서는 실제로 아무것도 배울 수 있는 것이 없기 때문이다. 예를 들어 영업 담당자들이 고객과 약속을 잡는 방법을 배우고자 한다면, 구체적인 피드백은 물론 실행과 연습을 통해서 그 방법을 습득할 수 있기 때문이다.

효율적으로 말하라

효율적으로 말한다는 것은 단순한 말하기를 뜻하는 것이 아니다. 누군가로부터 "○○라고 내가 얼마나 많이 이야기했습니까?"라고 말하는 것을 한 번쯤은 들어본 적이 있을 것이다. 이것은 그때 단순한 말로 이야기했기에, 여러 가지 이유로 귀담아듣지 않고 잘 집중하지도 않았기 때문이다.

당신이 누군가에게 어떤 말을 했을 때, 상대가 당신이 말한 것을 들었을 거라고 생각하지만 상대가 그 순간

다른 것을 생각하고 있었거나 아니면 당신이 말하는 것을 놓쳤다면, 당신이 전달하고자 하는 것과 상대가 이해하고 있는 것에는 차이가 있으며 모든 뉘앙스를 다 이해하는 데에는 어려움이 있다.

사람들이 보내는 메시지의 55%는 보디랭귀지에서 나오며, 그 메시지의 38%는 목소리와 음색이고, 7%에서만이 우리가 사용하는 실제 단어들에서 나온다. 결과적으로 리더의 행동이 그가 전달하고자 하는 내용과 일치하지 않는다면 그것은 결국 구성원들에게 부정적인 영향을 주게 될 혼란스러운 메시지들을 보내게 되는 것이다.

합리적인 목표를 설정하고
동기를 부여시켜라

목표란 개인과 조직이 달성하고자 하는 미래의 결과를 말한다. 예를 들자면 "나는 3개월 안에 5kg의 체중을 줄일 것이다"와 같은 것이다. 목표 설정은 개인, 팀, 조직이 노력을 통해서 달성하고자 하는 결과가 무엇인지를 명확히 밝히는 과정이다. 따라서 목표 설정이 중요한 이유는 다음과 같다.

- 목표 설정은 행동을 안내하고 지시한다. 목표는 구체적인 방향을 향해 노력과 관심을 집중함으로써 역할을 명확하게 해 준다.
- 목표는 개인, 팀, 조직이 도전할 과제와 그 성과를 측정하고 평가할 수 있는 지표를 제공한다.

- 목표는 성과 달성을 위한 자원의 사용을 정당화시켜 준다.
- 목표는 조직의 설계를 위한 밑그림을 제시해 준다. 즉, 목표는 부분적으로 의사소통 양식, 권한 관계, 업무 조정 등이 어떻게 이루어져야 할지를 제시해 준다.
- 목표는 구성원들과 경영자들이 중요하다고 생각하는 것이 무엇인지를 나타내 주며, 계획과 통제를 위한 활동의 틀을 제공한다.

조직이 특정 목표를 성취하려고 노력하는 것처럼 개인들 역시도 특정 목표를 달성하기 위해 동기부여될 수 있다. 실제로, 목표 설정은 조직 내에서 성과에 영향을 미칠 수 있는 매우 중요한 동기부여 수단 중의 하나이다.

목표를 가지고 있다는 것은 기대하는 성과가 무엇이고, 어느 정도의 수준인지를 명확히 해주기 때문에 성과를 향상시키는 데 도움이 된다.

성과는 목표를 가지고 시작해야 한다

목표는 무엇보다 성과를 위해 동기부여하는 데에 있어서 매우 중요한 요소이다.

1979년, 한 연구팀은 목표의 영향에 대하여 조사하기 위해 하버드대학 MBA 프로그램의 졸업생들에게 다음과 같은 질문을 하였다.

"당신의 미래를 위해 명확하게 문서로 작성한 목표를 설정했는가? 그리고 그것을 달성하기 위한 계획을 세웠는가?" 였는데, 연구팀은 졸업생들 중 3%가 문서로 작성한 목표와 계획들을 가지고 있다는 것을 발견하였다. 13%는 목표를 가지고 있었지만 문서로 작성하지는 않았고, 84%는 즉시 학교를 졸업하는 것 외에는 특정 목표가 없었다.

10년 후인 1989년, 연구원들은 당시 학생들을 다시 인터뷰하였다. 그 결과 목표를 가지고 있었지만 문서로 작성하지 않았던 13%는 목표를 가지고 있지 않았던 84%의 두 배나 되는 수입을 올리고 있다는 것을 알게 되었다. 여기서 더 놀라운 점은 명확하게 문서로 작성된 목표를 가지고 있었던 3%는 나머지 97% 전체가 올리는 수입의 10배를 올리고 있었다. 이 그룹들 사이의 유일한 차이점은 그들이 졸업할 때 그들이 스스로 가지고 있었던 목표의 명확성이었다.

동기부여가 되는 목표를 설정하라

K는 6개월 후에 보디 프로필을 찍기로 결심하였다. K는 그 결정을 하고 나서 회사 근처 피트니스센터에 등록을 하고 목표에 집중하였다. 그리고 가족과 팀 동료들에게 자신의 결심을 알렸다. 멋진 근육질의 몸매를 만들기 위해 스스로 세부 훈련 계획과 다이어트 계획을 세웠다. 일 단위로 목표 운동량을 설정했으며 그 진척 과정을 꼼꼼히 기록하였다.

그런데 매일 훈련을 거듭해 가는 동안 그가 미처 생각하지 못했던 몇 가지 일들이 일어났다. 아내가 출산을 하여 둘째 아기가 태어났고, 연습 도중 무릎에 부상을 입었다. 그러나 그는 자신과의 약속을 꾸준히 지켜나갔으며, 경험이 있는 코치의 도움을 받았다. 결국 K는 자신의 목표인 6개월 후에 멋진 근육질의 몸매로 보디 프로필을 찍는 것을 결국 해내고 말았다.

K의 사례를 통해서 목표를 달성하기 위해서 어떤 것들이 동기부여가 되는지를 다음과 같이 정리해 보았다.

목표에 대한 헌신 : 목표는 영업 담당자가 영업 관리자로부터 부여받은 단순한 할당량이 아니다. 목표는 목표가 있는 사람이 스스로 동의하고 전념할 수 있

어야 한다. 영업 담당자가 자신의 목표에 헌신하고 있는지를 우리가 알 수 있는 방법 중 하나는, 영업 담당자가 자신의 목표에 대해 다른 사람들에게 알리느냐 그렇지 않으냐 하는 것이다. K 역시 자신이 6개월 후에 보디 프로필을 찍겠다는 목표를 가족과 동료들에게 알렸다. 그리고 전념했다.

목표를 달성하기 위한 계획 : 많은 사람들이 자신의 체중을 줄이기 위해 몇 번씩이나 결심한다. 그러나 구체적 계획이 없었기 때문에 대부분 실패한다. 계획이 없는 목표는 단순한 꿈에 지나지 않는다. 꿈은 멋지지만 그것에 대한 헌신과 성취하기 위한 계획이 없다면 결실을 맺지 못한다. K는 6개월 후에 보디 프로필을 찍겠다는 자신의 목표 달성을 위한 구체적인 일일 활동 계획을 가지고 있었다. 뿐만 아니라 매주 코치의 레슨을 받았으며 특별한 식이요법도 병행하였다. 그리고 자신의 목표를 시각화하였다.

진행 상황 평가 : K는 자신이 세운 계획에 대한 진척 상황을 매일 기록하였다. 이것은 제대로 하고 있는

지를 스스로 알게 해 주었고 필요하다면 수정을 할 수 있게 해 주었다.

규칙 : 목표, 계획, 그리고 기록장을 가지고 있는 것만으로 목표를 달성할 수 있는 것은 아니다. 목표를 가진 사람은 자신의 행동을 통제할 규칙을 가지고 있어야 한다. K는 자신이 예상하지 못했던 일들이 발생했을 때, 매일 하는 운동을 미루거나 그만 둘 수도 있었을 것이다. 그러나 그렇게 했더라면 그는 목표를 달성하기 어려웠을 것이다.

책임 : K는 매일 기록했고 검토하였다. 이것은 K에게 책임감을 부여하였고 규칙을 지키게 하였다. 스스로 책임감이 없다면 느슨해지고 목표를 달성하지 못할 가능성은 더욱 높아진다.

코치 : 보디빌더 선수들에게도 코치가 있다. 왜냐하면 누구든 사람은 자신을 객관적으로 보기가 어렵기 때문이다. 코치들은 쉽게 간과할 수 있는 사소한 것들을 우리가 볼 수 있도록 도와주고 우리가 새로운 기록에 도달할 수 있도록 해 준다.

앞의 사례들은 어떻게 해야 목표를 효과적으로 설정하고 달성할 수 있는지를 보여 준다. 대부분 영업 담당자들은 목표를 달성하기 위한 계획을 문서나 기록으로 가지고 있지 않다. 따라서 목표 달성을 위해서 영업 관리자들은 영업 담당자들의 목표와 계획 그리고 진행 상황을 점검해 줄 수 있어야 한다. 일부 영업 관리자들은 어떠한 자료나 근거도 없이 영업 담당자의 목표를 설정하고 할당한다. 이것은 영업 담당자가 목표를 달성하는 데 도움이 되지 않는다.

많은 영업 조직들을 보면 상부에서 목표를 설정하고 하부로 내려가면서 달성하기 위한 할당을 하게 된다. 그러나 목표 설정과 달성은 영업 관리자와 영업 담당자가 함께 모여 세부계획을 세우고 영업 관리자들이 그것을 달성할 수 있도록 도와줄 때 달성 가능성이 높아진다. 영업 담당자의 헌신 없는 영업 목표는 달성될 가능성이 매우 적다.

세부적인 하위 활동의 목표가 중요하다

대부분 영업 담당자들은 할당량에 익숙해 있다. 영업 담당자가 가지고 있는 할당량은 금액이나 판매 수량,

성장률 등으로 다양하게 표현된다. 회사에서는 한 영업 담당자에 대해 특정 목표를 할당할 수 있다. 하지만 목표를 할당받은 영업 담당자는 목표를 달성하기 위해 구체적인 활동 계획들을 세워야 한다. 계획이 없는 목표는 꿈일 뿐이다. 누구든 목표를 성취하기를 원하지만 그것을 달성할 수 있도록 해 주는 구체적인 활동 계획이 없이는 쉽지 않다.

예를 들어 내 목표가 5kg의 몸무게를 줄이는 것이라면, 내가 5kg의 몸무게를 줄일 수 있도록 해 주는 다음과 같은 구체적인 활동 계획이 있어야 한다.

- 매일 얼마만큼의 칼로리와 탄수화물을 섭취할 것인가를 결정하고, 그 양만큼의 칼로리와 탄수화물을 충실히 지키는 것
- 매일 얼마만큼의 운동을 할 것인가를 결정하고, 지속적으로 운동을 하는 것
- 칼로리와 탄수화물, 운동 등을 충실히 지키는 것을 확인할 수 있는 방법을 설정하고, 내가 책임감을 가지고 성실히 실천할 수 있도록 도와줄 수 있는 누군가를 이용하는 것

이처럼 목표를 달성하기 위해서는 달성하기 위한

구체적 과정을 개발하고 관리해야 한다. 바꾸어 말하면 목표를 달성하기 위한 활동과 행위들을 관리해야 한다는 것이다. 여기서 목표를 좀 더 작고 구체적인 활동 목표들로 나누어 전환해보자. 그러면 다음과 같이 이로운 점들이 있다.

- 월간, 주간, 그리고 일일 목표들을 세분화하여 관리하면 목표를 달성하기 위해 필요한 작은 활동의 수준을 명확하게 해준다.
- 좀 더 작게 나누어진 목표들은 영업 관리자가 목표를 달성하는 데 있어서 부족한 부분을 사전에 깨닫게 해 줌으로써 궁극적으로 목표를 달성하는 데 훨씬 유리하게 해준다.
- 행위 뒤에 결과가 오기 때문에 일일, 주간 그리고 월간의 올바른 활동들에 집중하게 함으로써 장기적으로 바람직한 결과를 가져다준다.

구체적인 활동 목표에 집중하는 것은 하나의 목표를 달성하기 위해 필요한 세부적인 활동들의 수를 검토함으로써 가능해진다.

예를 들어 평균적으로 영업 담당자가 5건의 약속을

잡을 때마다 1건의 계약이 이루어진다고 가정하자. 그렇다면 5건의 약속을 잡기 위하여 얼마나 많은 전화를 해야 할까? 5건의 약속을 잡기 위하여 50통의 전화를 해야 한다고 가정하자. 그럼 1주일에 5건의 약속을 잡기 위하여 매일 얼마나 많은 전화를 해야 할까? 5건의 약속을 잡기 위해 50통의 전화를 해야 하므로, 1주일에 5일을 근무한다고 하면 하루에 10통의 전화를 해야 한다는 것을 알 수 있다. 따라서 10통의 전화는 영업 담당자의 일일 활동 목표가 된다.

여기서 영업 담당자는 하루에 10통의 전화를 하는 것을 철저히 지키기 위한 계획을 세우고 그 과정에 책임을 지도록 자신을 도와줄 누군가가 있어야 한다. 이것이 혹자들이 '영업이란 숫자로 하는 게임이다'라고 하는 이유이다.

이와 같이 목표는 잘게 쪼개서 영업 담당자들이 달성할 수 있도록 하위 목표를 설정해 주어야 한다. 이러한 하위 목표는 그들이 목표를 달성하기 위해 해야 할 일과 일관성이 있는지에 대한 정보를 제공해 줄 수 있는가 하는 것이 중요하다.

합의된 커뮤니케이션의 기회를 가져라

목표를 설정하는 것은 영업 관리자가 영업 담당자에게 기대를 전달할 수 있는 좋은 기회다. 영업 관리자와 영업 담당자가 달성 금액과 세부 활동 목표 두 가지 모두에 합의하였을 때, 목표 달성을 위한 책임과 기준에 관한 메시지는 명확해진다.

영업 담당자들은 자신들의 책임이 무엇인가 뿐만 아니라 진척 상황을 평가받기 위해 어떠한 기준들이 사용될 것인가를 이해하고 싶어 한다. 영업 담당자들은 목표가 금액과 활동 두 가지 요소 모두 포함하고 있어야 명확히 이해한다.

예를 들면 K라고 하는 영업 담당자가 "이번 달에 천만 원을 판매해야 하고, 일주일에 50통의 잠재 고객들을 대상으로 전화할 것"과 같이 구체적으로 표현되어야 한다.

목표 설정 시 고려되어야 할 사항

영업 성과는 영업 담당자들의 동기부여 수준에 달려있고, 동기는 어떻게 목표가 설정되느냐에 달려있다고 할 수 있다. 다음은 목표 설정 시 고려해야 할 사항이다.

구체적이어야 한다 : 어떤 목표를 어느 수준에 설정하느냐 하는 것은 영업 담당자의 동기유발과 성과에 많은 영향을 준다. 일반적으로 목표들이 도전적인 높은 수준이면 과업 성과는 올라가지만, 그 이상의 달성 가능성이 없는 수준에서는 오히려 포기하여 성과가 저하되는 경향이 있다.

특정적이어야 한다 : 특정적이면서 보편성을 지향해야 한다. 예를 들어 '일주일에 5건의 약속'은 특정적이지만, '약속을 잡는 것'은 특정적이 아니다. 목표는 특정적일수록 더 좋다. 보편성은 그 목표를 해석하는 데에 너무 많은 여지를 남겨 준다. 그것은 평가에 있어 영업 담당자들의 저항과 혼동, 그리고 매너리즘을 야기할 수 있다.

측정 가능해야 한다 : 영업 담당자의 성과에 대하여 눈으로 관찰할 수 있는 숫자나 지표들을 적용할 수 있다면 목표는 측정 가능하다. 비율(연간 목표 대비 몇 %), 양(주당 몇 건의 약속) 등은 모두 측정 가능한 활동들이다. 질적 평가는 고객이나 영업 관리자의 의견처럼 좀 더 주관적이다. 측정 가능한 특성을 포함하기 위해서는 성과를 추적하거나 결과를 정의할 몇 가지 방법들을 취해야 한다.

달성 가능해야 한다 : 회사와 같이 구매 결정을 하는 데에 여러 사람이 관련되어 있는 대형 예비 고객과 함께 일하는 경우, 영업 담당자가 첫 번째 통화에서 계약을 마무리 짓겠다는 목표를 설정하였다면 그것이 실현 가능할까? 아마도 쉽지 않을 것이다. 이런 경우는 대게 얼마간의 시간과 노력이 필요할 것이다.

현실적이어야 한다 : 신입 영업 담당자들을 위한 목표들은 종종 경험이 있는 영업 담당자들보다 낮게 책정되는 경우도 있고, 영업 담당자들이 너무 낙천적이고 열정적이어서 비현실적인 목표들을 설정할 수도 있다. 이런 점들도 간과해서는 안 된다. 영업 관리자는 목표를 설정하는 데 영향을 미칠만한 특별한 상황들이 있다면 그것들 또한 고려해야 한다.

시간으로 정의되어야 한다 : K 사원의 목표가 '6개월 후에 보디 프로필 사진 촬영'이었던 것처럼 목표는 특정 마감일 또는 완료일을 가지고 있어야 한다. 마감

일은 영업 관리자에게 진척 상황과 피드백, 그리고 평가를 위한 기초가 된다. 장기 목표는 방향성을 가지고 있거나 완료 날짜를 가지고 있어야 한다. '한 주에 5건의 약속'은 시간으로 정의된 것이다. '5건의 약속'은 그렇지 않다. 목표에다 완료 시간을 추가해야 한다.

참여 시켜야 한다 : 목표 설정 과정에서 영업 담당자의 참여는 성과에 영향을 준다. 이는 업무에 대한 관심과 만족도를 높여 줌으로써 성과에 긍정적인 영향을 준다. 결국, 참여를 통해 영업 담당자들이 목표에 얼마나 동의하느냐에 따라 담당자의 몰입의 수준이 결정된다.

하위 목표 관리가 효과적이다 : 연간 목표만 설정한 영업팀은 판매 목표를 달성하거나 초과하는 비율이 가장 낮다. 월별이든, 분기별이든, 반년씩이든 좀 더 자주 목표를 설정한 영업팀이 판매 목표 달성률이 훨씬 높다. 좀 더 자주 작은 목표를 설정하는 것은 영업 담당자들이 그들의 목표를 달성하는 데에 지속적으로 집중하는 데에 도움을 준다.

성과에 대해 구체적인 기대를 전달하라

영업 성과에 영향을 미치는 중요한 활동들을 살펴보면 잠재 고객 발굴, 사전 통화 계획, 효과적인 질문 준비, 가치를 보여주는 해결 방안의 제시, 반대 의견의 처리, 마무리, 사후 관리 등이 있다. 이러한 주요 활동들을 효과적으로 실행에 옮기지 않으면 성과를 낙관할 수 없다. 뛰어난 영업 관리자들은 이러한 영업 성과에 미치는 영향 요소에 관한 기대를 가지고 영업 담당자들과 커뮤니케이션한다. 뛰어난 영업 관리자들을 보면 다음과 같은 특징이 있다.

첫째, 어떤 요소들이 영업 성과에 영향을 미치는지를 알고 있다.

둘째, 영업 성과에 영향을 미치는 요소들을 영업 담당자들과 커뮤니케이션한다.

셋째, 영업 성과에 영향을 미치는 요소들을 실행하고 습득할 수 있도록 보여준다.

넷째, 영업 성과에 영향을 미치는 요소들에 대한 가치를 제공함으로써 동기부여를 시킨다.

이러한 사항들을 좀 더 세부적으로 정리해 보면 다음과 같다.

첫째, 어떤 요소들이 영업 성과에 영향을 미치는지를 아는 것

영업 관리자는 어떠한 요소가 영업 성과에 영향을 미치는지를 알고 있어야 한다. 다시 말해 영업 관리자는 판매 과정을 알고 이해하고 있어야 영업 활동에 대한 기대를 영업 담당자에게 전달할 수 있고 가르칠 수 있다. 여기서 '알고 있다'고 하는 것은 설명할 수 있고, 보여 줄 수 있는, 그리고 배울 수 있는 단계들로 세분화할 수 있는 것을 의미한다. L의 사례로 알아보자.

대부분 영업 관리자라는 위치에 있는 사람들은 자신의 회사에서 판매에 관해서는 스타들이었을 것이다. 여기서 L은 모든 사람들이 '타고난 영업 담당자'라고 불렀던 사람이다. L은 중요한 판매 활동들을 하는 데에 매우 익숙하다. 그러나 영업 관리자는 판매를 잘하는 것보다 영업 담당자들을 성장시키는 것이 더 중요한 일이다. 그러면 "L이 성과에 영향을 미치는 중요한 판매 활동들이 무엇인지를 알고 있을까?"

　이 질문을 했을 때 L은 영업직에 종사하는 사람으로서 지금까지 자신을 성공으로 이끌어 준 행동들에 대해 정확히 설명할 수 없었다. 무엇을 어떻게 해야 할지를 궁금해하고 배우고자 하는 영업 담당자들에게 "내가 하라는 대로만 하세요"라고 말할 뿐이었다. 누구도 L과 똑같은 영업 담당자가 될 수 없으므로 영업 담당자들을 성장시키는 데는 실패했다. L과 영업팀은 모두 좌절하였으며 L은 이직 문제로 고민하고 있다.

　결국, 이것은 이중 문제를 만들어 내게 된다. 회사는 유능한 잠재력이 있는 영업 담당자를 잃을 뿐만 아니라 L도 잃을 수 있기 때문이다. L은 다시 영업 담당자로 돌아갈 수 있다. 하지만 다른 회사에서 근무하기를 원할 것이며, 다른 사람들 또한 영업 담당자로서 역량이 개선되지 않기 때문에 떠나게 될 것이다. 이것이 많은 영업 조직에서의 문제점이다.

정리해 보면 L의 첫 번째 임무는 중요한 판매 활동들을 정의하는 것이다. 다시 말해 성과에 영향을 미치는 요소들을 정리하는 것이다. 그리고 그것을 영업 관리자로서 영업 담당자들에게 설명하고 보여 줄 수 있어야 한다. 이러한 과정은 영업 담당자들의 행동을 개선시켜 줄 뿐만 아니라 성과가 좋은 영업 담당자들도 더 성공적으로 만들어 준다. 중요한 것은 뛰어난 영업 관리자들이라면 성과에 영향을 주는 요소들을 반드시 알고 있어야 한다는 것이다.

영업 관리자가 영업 담당자를 성장시키는 법

L은 자신이 영업 담당자에게 기대했던 것을 말로 표현할 수 없었기 때문에 성과에 관한 기대를 전달할 수 없었다. 또한 영업 담당자들과 함께 일할 때 영업 관리자인 자신이 대신 판매를 하는 경우가 많았다.

많은 영업 관리자들이 쉽게 빠지는 함정이 바로 이것이다. 영업 담당자를 개발시키는 것 대신에 영업 관리자가 직접 영업을 하는 것이다. 영업 담당자들이 영업 관리자들에게 주로 하는 불평 중의 하나는 함께 동행할 때 그들이 '그 판매를 가로챈다'는 것이다. 만약 그 동행의 목적이 영업 관리자가 하는 행위를 보고 영업 담당자가 어떻게 그 일을 처리하는지를 배울 수 있게 하기 위함이라면 몰라도, 그렇지 않다면 영업 관리자는 그 영업 담당자가 서툴더라도 그 판매를 종결하도록 내버려 두고 지켜보아야 한다.

그런데 왜 많은 영업 관리자들은 L과 같이 영업 담당자들과 함께 있을 때 판매를 대신할까? 그 이유는 두 가지로 볼 수 있다. 첫 번째, 영업 관리자가 아직 영업 담당자 사고방식에서 벗어나지 못했다는 것이고. 두 번째, 영업 관리자가 판매 과정에 대해 영업 담당자에게 가르칠 수 있는 코칭 역량을 습득하지 못했다는 것이다.

이점은 영업 담당자 코칭 시 매우 중요한 사항이다. 영업 관리자들이 영업 담당자 시절에 뛰어난 성과를 올렸으며 판매 과정에서 무슨 일을 해야 하는지를 알고 있다 하더라도, 영업 담당자에게 가르칠 수 있는 방법을 제대로 배우지 않았다는 것을 의미하기 때문이다.

문서화하기

뛰어난 영업 관리자들은 판매 기술을 단계별로 구

분하고 문서화한다. 이러한 기술에 능숙하고 정통해야만 영업 담당자들이 하는 일이 어떻게 진행되는지를 정확하게 파악할 수 있다. 또한 어떤 것을 잘하고 있고, 어떤 부분이 개선이 필요한지를 평가할 수 있도록 해 준다. 영업 관리자가 판매 과정을 더 잘 이해하면 할수록 관찰은 더 정확해진다. 관찰이 정확하면 할수록 영업 담당자들의 부족한 부분을 효과적으로 개선할 수 있다.

영업 관리자들은 다음 사항들에 대한 가장 효과적인 방법을 매뉴얼화하여야 한다.

- **관계 구축** : 서로 다른 고객의 유형을 분석, 이해하고 관계 구축 기술 및 고객과 신뢰를 구축하는 방법 그리고 영업 담당자에 대한 기대를 정리한다.
- **수요 조사** : 고객의 니즈를 파악할 수 있는 적절한 질문들, 구매에 영향을 주는 사람과 의사결정자의 구분, 고객 유형에 따른 니즈를 구분하고 정리한다.
- **제안** : 매주, 매월, 매년 제안 건수, 프레젠테이션의 질, 니즈별 프레젠테이션의 적절성을 정리한다.
- **거절의 처리** : 고객의 거절 포인트를 인식, 공감하기, 논쟁하지 않는 방법, 거절 처리 방법 확인, 목적 달성에 관해 정리한다.

- **마무리** : 다음 단계 찾기. 효과적인 판매 기술들을 매뉴얼
  화하였다면, 팀 전체와 공유하고 모두가 활용하는지 확
  인한다.

둘째, 영업 성과에 영향을 미치는 요소들이 왜
중요한지를 영업 담당자들과 커뮤니케이션한다.

영업 관리자는 영업 담당자들에게 어떤 요소가 성
과에 영향을 미치고 왜 중요한지를 전달해야 한다. 예를
들어 중요한 판매 활동 중의 하나는 예측이다. 그래서
뛰어난 영업 관리자들은 정기적으로 예측에 대한 필요
성을 팀원들에게 설명한다. 그러나 예측의 필요성을 설
명하는 것만으로 부족하다. 예측이 왜 중요한지를 보여
주는 과정을 거쳐야 한다. 그 과정은 다음과 같다.

"년 매출 목표액을 기준으로 이번 달에는 얼마나 팔
아야 하는가?"라고 질문한다.
영업 관리자가 숫자를 적고 난 후에, "하나를 판매
하기 위하여 프레젠테이션을 몇 번 해야 하는가?"라
고 질문한다.
다시 한번, 숫자를 적고 나서 "그 프레젠테이션을

하기 위해서 얼마나 많은 약속을 잡아야 하는가?"라고 질문한다.

그리고 "그 약속 건수를 만들기 위하여 예비 고객들에게 얼마나 많은 전화 통화를 해야 하는가?"

"목표를 달성하기 위하여 프레젠테이션을 할 수 있는 기회를 주는 고객들에게 전화를 하지 않는다면 어떤 결과가 일어나는가?"라고 질문한다.

이제 왜 예측이 중요하며 영업 관리자인 내가 그것이 정기적으로 이루어지기를 기대하는지가 명확해졌다. 영업 관리자는 영업 담당자들의 예측을 관찰하고 그 효율성을 평가하고 지도하며, 이러한 과정을 통하여 영업 관리자가 기대하는 것을 확인함으로써 예측에 대하여 영업 담당자들이 책임을 느낄 수 있도록 해야 한다.

성과에 영향을 미치는 요소에 대한 커뮤니케이션은 영업 관리자가 중요한 활동들에 대한 중요성을 영업 담당자들에게 전달하는 것만으로는 충분하지 않다. 영업 관리자는 영업 담당자가 이러한 활동들이 왜 중요한지를 이해할 수 있도록 전달해야 한다.

영업 성과는 중요한 활동들을 지속적으로 그리고 제대로 실행에 옮겨야 얻을 수 있다. 일관성 없지만 잘

파는 것, 일관성은 있으나 미숙하게 판매하는 것, 둘 다 최적의 성과를 만들어 내기 어렵다. 성과에 필요한 활동들이 무엇이며, 왜 그것들이 중요한지를 알고 있는 영업 담당자들이 훨씬 더 지속적으로 성과를 낼 가능성이 높다.

셋째, 영업 성과에 영향을 미치는 요소들을 실행하고 습득할 수 있도록 보여주기

영업 관리자는 성과를 어떻게 달성하는지 영업 담당자에게 보여 줄 수 있어야 한다. 영업 담당자들을 개선 시키기 위해서 영업 관리자들은 자신의 기본 자질을 점검하고 개발할 필요가 있다.

영업 관리자는 영업 담당자들에게 어떻게 보여주어야 하는지를 알고 있을 수도 있지만, 중요한 것은 영업 관리자가 보여주는 것이 어떻게 하는지를 단순히 알려주기 위한 것이 아니다. 영업 담당자가 그것을 따르고 실행에 옮길 수 있도록 보여 줄 수 있어야 한다.

훈련을 통한 커뮤니케이션

뛰어난 영업 관리자들이 하는 가장 중요한 활동 중

의 하나는 훈련이다. 뛰어난 영업 관리자들은 다음과 같은 5단계 훈련 방식을 효과적으로 사용한다.

1단계 : 영업 관리자로서 영업 담당자들이 무슨 일을 하기를 원하는지 그리고 그것이 개인과 조직 모두에게 왜 중요한지를 설명한다.

2단계 : 그것을 어떻게 하는지를 보여준다.

3단계 : 영업 담당자들이 시도해 보도록 한다.

4단계 : 영업 담당자들이 시도하는 것을 관찰한다.

5단계 : 영업 담당자들의 시도를 칭찬한다. 만약 영업 담당자들이 올바르게 이해하지 못한다면 2단계에서 5단계까지를 다시 반복한다.

3단계에서 5단계까지를 건너뛰지 마라

영업 담당자들이 프레젠테이션과 시연을 할 때, 종종 위의 1단계와 2단계만 한다. 그러나 전과 다르게 행동하거나 전에는 할 수 없었던 어떤 것을 할 수 있도록 훈련시키기 위해서는 3단계에서 5단계가 필요하다. 그리고 그것은 영업 관리자 측면에서는 많은 인내심을 필요로 한다. 영업 관리자가 설명해 주고 보여주고 영업 담당자가 그것을 할 수 있을 때까지는 시간이 걸리기 때문이다.

영업 담당자들은 단순히 설명해 주고 보여주는 것만으로 역량이 개선되거나 향상되지 않는다. 영업 담당자들은 영업 관리자가 관찰하는 곳에서 연습을 해야 하고, 잘하는 부분에 대한 긍정적인 피드백과 개선이 필요한 부분에 대해서는 발전적인 피드백이 필요하다. 그리고 영업 담당자는 습득한 스킬과 역량들을 현장에 적용하고 활용할 수 있다는 것을 영업 관리자에게 보여 주어야 한다. 이처럼 스킬이나 역량은 훈련을 반복하는 과정을 통하여 이루어진다.

무엇인가를 이해한다는 것은 이해한 것을 적용할 수 있다는 것을 의미하지 않는다. 기타를 제작하는 방법을 안다는 것은 기타를 제작할 수 있다는 것과는 다르며, 기타를 연주할 수 있다는 것이 기타를 연주하는 방법을 다른 누군가에게 가르치는 능력과는 다르다.

다시 한번 여기에서 주목해야 할 것은 영업 관리자가 중요한 영업 활동을 설명하거나 시연하는 방식이 아닌, 영업 담당자가 실제 실행할 수 있는 방식으로 그것을 시연해야 한다는 것이다.

넷째, 영업 성과에 영향을 미치는 요소들에 대한 가치를 제공함으로써 동기부여 시키기

영업 관리자는 영업 담당자가 수행하는 영업 활동이 가치 있는 일이라는 것을 보여주거나 인식시켜야 한다. 고객에게 제품이나 서비스에 대해 설명할 때 고객들이 영업 담당자의 설명 중에서 자신들에게 유익한 것이 무엇인지를 알고 싶어 하듯이, 영업 담당자들 또한 그러하다.

따라서 많은 영업 관리자들이 무슨 일을 해야 하는지, 왜 그것을 해야 하는지, 그리고 어떻게 해야 하는지를 영업 담당자들에게 보여주지만 그것을 영업 담당자 개인이 가치를 느낄 수 있게 하기는 쉽지 않다. 영업 담당자가 제품에 대해 설명하지만 가망 고객이 필요로 하는 가치에 부합시키지 않고 그저 구매해 달라고 요청하는 것과 같은 이치이다.

이러한 영업 담당자들의 판매 가능성은 낮다. 이것은 가망 고객에 대한 가치에 집중하는 것과 단순히 구매를 요청하는 것으로 비교될 수 있다. 영업 담당자가 '가망고객을 위해 그 안에 어떤 가치가 있는가'를 보여주는지 '단순 구매 요청'인지를 판단할 수 있는 것이 바로 이 단계에서이다. 영업 담당자들 또한 영업 관리자가 자신

들의 가치를 충족시켜줄 때 영업 관리자의 기대에 대해 헌신할 가능성이 더 높다.

실행 확인

실행 확인은 영업 관리자가 전달된 기대에 대하여 영업 담당자들이 얼마나 중요하게 받아들이고 활용하는지를 점검하기 위한 것이다. 이 단계에서 영업 관리자는 다음과 같이 질문할 수 있다.

- 적용해 보니 어떻습니까?
- 그것에 관하여 어떻게 생각하십니까?
- 당신의 목표 달성에 어떠한 효과가 있을 것으로 생각하십니까?

여기서 영업 담당자의 답변을 통해 부족하다고 느끼는 부분과 관심사를 좀 더 깊게 파악할 수 있다. 그런데 영업 관리자가 요청한 활동에 대해서 영업 담당자 스스로가 가치를 발견할 때까지 영업 담당자는 그 활동을 받아들이지 않고 사용하지도 않을 것이다. 영업 담당자들이 받아들일 때, 그들은 단순히 그 생각에 동의하는 것이 아니라 그 과정에 헌신한다.

대부분 영업 담당자들은 그들이 이미 하고 있는 것을 편안해 한다. 비록 그들에게 무엇을 해야 할지, 왜 해야 하는지, 어떻게 하는지, 그리고 할 수 있다는 것을 보여주더라도 쉽게 수용하지 않는다. 영업 관리자가 자신들을 변화시키려 하는 것에 불편을 느낀다. 하지만 성공의 대가는 불편함이라는 것을 알아야 한다. 행동을 변화시키는 것은 하나의 도전이다. 영업 담당자들은 특정 방식으로 업무를 처리하는 것에 편안함을 느낀다. 변화를 요구받으면 영업 담당자들은 저항한다. 저항은 영업 관리자에게 큰 도전이다.

영업 관리자들은 자신의 기대에 대해 영업 담당자들의 실행 여부를 확인하는 것을 꺼린다. 영업 담당자들이 고객으로부터 "싫어요"라는 대답을 들을까 두려워 고객에게 구매 요청을 하지 않는 것처럼, 영업 관리자들 또한 영업 담당자들에게 잘 확인하지 않는다.

영업 관리자가 영업 담당자에게 무엇을 해야 하고, 왜 그것이 중요한지를 설명하고, 어떻게 하는지를 보여주었기 때문에 영업 담당자가 영업 관리자가 요청한 것을 잘 할 것이라고 기대할 수도 있다. 그러나 이러한 실행 확인 과정을 연습하지 않는 것은 고객에게 가치를 강조하지도 않고, 구매 요청을 하지도 않으면서 전체 판매 과정을 거쳤다고 생각하는 것과 같다. 일부 예비 고객들은 자신이 직관적으로 그 필요 가치를 인식하고 영업 담당자에게 제품을 구매할 수도 있지만 대부분의 고객들은 가치를 느끼지 못할 것이므로 영업 담당자는 많은 판매 기회를 잃게 될 것이다.

마찬가지로 영업 관리자들은 그들의 영업 담당자들이 자신의 기대에 대해 수용하고 실행하는지를 확인하여야 한다.

영업 관리자의 영업 기술을 이용하기

대부분 영업 관리자들은 뛰어난 영업 담당자들이었다. 영업 담당자들이 중요하게 여기는 것들에 관한 정보를 수집하는 것이 이 네 번째 단계를 성공적으로 이용하는데 중요하다. 다음 질문에 긍정적으로 대답할 수 있는 영업 관리자들이라면 영업 담당자들을 성장시키고 개발시키는 것에 대해 책임질 준비가 되어 있다.

- 어떤 영업 활동들이 최적의 매출로 이어지는지 나 자신이 알고 있는가?
- 나는 이러한 활동들을 영업 담당자들에게 전달할 수 있으며, 왜 그것들이 중요한지에 대해 설명할 수 있는가?

- 나는 중요한 활동들을 실행하는 방법을 이해하고 다른 사람들이 실행에 옮길 수 있도록 제대로 보여 줄 수 있는가?
- 나는 영업 담당자들의 가치를 알고 있는가? 그리고 나는 이러한 활동들을 그들이 실행하도록 동기부여할 수 있는가?

영업 관리자의 목표

영업 관리자의 목표는 경영진이 바라는 매출액, 이윤, 그리고 성장을 달성할 수 있는 영업 조직을 구축하는 것이다. 이러한 목표를 달성하는 데에 있어서 중요한 것은 영업 담당자들의 행위에 영향을 줄 수 있는 관리자의 능력이다. 기대를 정의하고 명확하게 전달하는 것은 뛰어난 영업 관리자들이 핵심적인 습관이다.

영업 관리자가 영업 담당자들에게 기대를 전달하는 것은 시간과 인내심이 필요하다. 신속하게 처리하거나 한 번에 완료되는 그런 것이 아니다. 훌륭한 커뮤니케이션은 계획과 반복을 통해서 이루어진다는 점을 명심하자.

Q. 영업 관리자로서 당신은 영업 담당자들에게 어떤 기대를 가지고 있는가?

_____

_____

_____

_____

_____

_____

_____

_____

Q. 당신은 영업 담당자들에 대한 기대를 어떻게 표현하는가?

_____

_____

_____

_____

_____

_____

_____

Q 기대를 표현하고 전달하는데 장애요소는 무엇인가?

_____

_____

_____

_____

_____

_____

_____

_____

_____

_____

_____

_____

_____

_____

_____

_____

_____

_____

habit 2

성과가 날 수 있도록
영업 활동을 하는지
관찰한다

스포츠 코치들을 모방하라

관찰은 영업 관리자들이 기대를 명확하게 전달했는 지를 이해하는 데에 도움을 준다. 성과가 뛰어난 조직의 영업 관리자들은 영업 담당자들이 기대한 대로 하고 있 는지를 현장에 나가서 관찰한다. 그리고 기대한 대로 시 도할 때 그들을 칭찬한다.

칭찬은 영업 관리자의 기대를 전달하고 기대를 강 화하는 좋은 방법이다. 영업 담당자들이 어떤 일을 바 르게 하지 않을 때, 영업 관리자는 관찰한 후 피드백할 수 있어야 한다. 즉, 다시 기대를 명확하게 전달하여야 한다.

코치들은 관찰을 이용한다

뛰어난 영업 관리자들처럼 스포츠계에서의 코치들은 관찰의 개념을 확대하여 사람들을 개발시키는 전문가들이다. 코치들은 경기 중에 선수들의 움직임을 지켜보고, 경기 이후에는 비디오테이프를 통하여 관찰한다. 코치들은 선수들의 움직임을 아주 자세하게 관찰한다. 경기하는 동안뿐 아니라 연습을 하는 동안에도 관찰한다. 선수 동작의 특징을 찾으며 그 동작에 관한 꼼꼼한 기록을 보관한다.

코치들은 선수들의 동작을 개선하기 위해 활용될 자료들을 수집한다. 제 위치에서 벗어나거나 계속 실수를 하는 선수들에게 기대를 전달하고 적절한 절차를 거쳐 선수가 그것을 다시 한번 하는 것을 지켜보고 나서 능숙하게 할 때 칭찬한다.

전문적인 코치들처럼, 뛰어난 영업 관리자들 또한 세심한 관찰과 피드백을 통해 최고의 성과를 이끌어낼 수 있다.

관찰 후에 해야 할 일

전문적이고 유능한 코치들은 무엇을 하고 무엇을 하지 않는지를 주목할 필요가 있다. 코치가 선수들에게 피드백을 하지 않고 격려도 하지 않는다면 그것은 유능한 코치의 모습이 아니다. 성과의 비결은 관찰에 있다. 세심하게 활동들을 관찰하는 것이다.

유능한 코치들과 뛰어난 영업 관리자들이 그들의 기대를 명확하게 전달했는지 그리고 그것이 실행되는지를 판단하는 것은 오직 관찰에 의해서 이루어진다. 영업 담당자들에게 기대를 전달하고 관찰 결과를 토대로 사후 관리를 하도록 한다.

지켜보아야 할 것들

코치들은 아주 세심하게 선수들의 움직임과 선수들의 특성을 지켜본다. 개인의 특성들이 선수들의 성과를 해치지 않는 한 관여하지 않는다. 그러나 코치들이 반응할 때는 선수 개인의 특성이 성과에 지장을 줄 때이다.

이것은 영업 관리자들의 경우도 마찬가지이다. 뛰어난 영업 관리자들은 영업 담당자들의 효율성을 판단하기 위하여 영업 담당자들의 움직임과 특성 그리고 표준 판매 활동 과정을 기대한 대로 실행하는지 지켜본다. 그러한 움직임들이 성과에 지장을 주지 않는 한, 영업 관리자가 반응할 이유는 없다. 유능한 영업 관리자가 시정 조치를 하는 경우는 영업 담당자들이 최적의 성과를 달성하지 못할 때이다.

　뛰어난 영업 관리자들은 각 영업 담당자들의 성과에 관하여 기록을 하고 차트를 작성하여 개발할 기회 또는 보상과 인정을 해 줄 기회인지를 판단하기 위해 그 자료를 활용한다.

개선하기, 시정하기 위해 해야 할 일

　코치들은 계속해서 실수를 하는 선수에게 집중한다. 그것은 실수를 하지 않는 선수들은 관찰하지 않는다는 뜻은 아니다. 대부분의 코치들은 2군 선수들뿐만 아니라 대표 선수들까지 그들의 모든 선수들을 관찰한다.

　사람은 누구나 자신을 객관적으로 바라보기 어렵기 때문에 객관적인 누군가의 피드백이 필요하다. 따라서 뛰어난 영업 관리자들은 성과가 별로 없는 영업 담당자들에게만 자신의 모든 시간을 바치지는 않는다.

　일반적으로 영업 관리자들은 자신들이 관찰하고 함께 일해야 하는 대상이 영업 관리자의 요청사항을 실행하지 않거나 한계가 있는 사원들이라고 생각하는 경우가 있다. 그러나 뛰어난 영업 관리자들은 그렇게 생각하지 않는다. 그들은 최고의 사원들도 코치의 태도를 가진 누군가와 함께 할 때 그들이 훨씬 더 성과가 좋을 것이라는 것을 알고 있다.

이것은 마치 세계적인 프로 골퍼들이 거액을 들여 캐디를 고용하는 것과 같은 이치이다. 그들은 성과가 뛰어난 영업 담당자라 하더라도 모두가 더 향상될 수 있다는 확신을 가지고 있으며 관찰을 통해 어떤 부분에 개선이 필요한지를 알려준다.

코칭에 필요한 자료를
관찰하고 기록하라

2002년 FIFA 한일 월드컵 당시 우리나라 대표팀이 4강 신화를 이룰 수 있었던 것은 매 경기 최선을 다해 그라운드를 누비던 선수들과 경기를 진두지휘한 히딩크 Guus Hiddink 감독 그리고 전국을 뜨겁게 달군 열두 번째 선수, 붉은 악마의 응원 때문만은 아니었다. 또 다른 숨은 공신들, 비디오 분석관 압신 고트비 Afshin Ghotbi 를 비롯한 각종 기술 분석관과 코치들이 있었기에 가능한 신화 창조였다.

당시 낯설게만 여겨졌던 비디오 분석관 압신 고트비로 인하여 대중들은 경기 중에는 물론 훈련 중에 선수 개개인에 대한 세심한 관찰을 통한 분석과 기록의 중요성을 알게 되었다. 역대 올림픽에서 매일 세계 신기록이

쏟아져 나올 수 있었던 것도 선수들의 경기 장면과 각종 기록, 전략 및 전술 등을 분석하는 스포츠 과학의 발달 덕이 컸다고 한다.

이처럼 스포츠 경기에서 과학적인 분석이 중요해 지고 그 효과가 드러나면서 관련 전문 인력들의 수요도 증가하고 있다. 특히, 비디오 분석의 경우 과거에는 감독이나 코치들이 전담했던 것과 달리 점차 전문 인력이 담당하는 추세다. 또 구기 종목에 집중되어 있던 비디오 분석이 이제는 개인 종목으로까지 확대되었고, 컴퓨터 기술의 접목으로 비디오 분석 시스템 수준도 크게 향상되어 앞으로 이들의 중요성은 더욱 커질 것으로 예상된다.

앞서 언급한 이 모든 것들이 관찰의 중요성을 방증해 주는 것이다. 감독이나 코치들은 경기가 끝나고 나면 전문가가 촬영하고 분석한 영상물을 통해 경기 중에는 미처 보지 못하고 깨닫지 못했던 것들을 다양한 시각에서 관찰하고 분석한다. 이 분석 자료들은 개별 또는 팀에 피드백 정보로 제공되고, 다음 훈련 계획에 반영된다.

양궁을 '천 발의 열정, 한 발의 냉정!'으로 표현한다고 한다. 양궁선수들의 혹독한 훈련과 연습, 엄청난 압박감을 생각하면 공감이 가는 말이다. 30여 년간 양궁 국가대표 감독을 역임한 서거원 감독은 자신의 저서『따뜻한 독종』에서 관찰의 중요성을 다음과 같이 이야기했다.

> 한두 달 후, 선수들은 "저 감독님, 족집게 같다"라고들 입을 모은다. 사실은 본인들이 먼저 나에게 답을 보여주고, 나는 다만 그 선수들에게 맞는 정확한 방법을 콕 찍어 제시해 주기만 한 것인데도 말이다. (중략) 그 열쇠의 첫걸음은 내 경우엔 바로 침묵을 가장한 관찰이다.
>
> - 서거원, 『따뜻한 독종』

글쓰기 코치로 잘 알려져 있는 작가 송숙희 씨는 20년 넘게 미디어 현장을 누비며 몸소 경험한 사례와 연구 결과를 바탕으로 비즈니스 대가들의 창의력과 상상력의 원천이 '관찰'에 있다는 사실을 밝혀냈다. 그녀는 자신의 저서『성공하는 사람들의 7가지 관찰습관』을 통해 다음과 같이 밝히고 있다.

창의적인 아이디어가 발현되는 과정에서 어떤 느낌

이 번쩍하며 떠오르는 순간을 영감이라고 하는 데, 바로 그 느낌은 특정 자극을 통해 일어나며 이는 무엇인가를 관찰할 때 발생한다. 즉, 관찰은 위대한 창조적 영감이 떠오르는 출발점이요, 모든 기회와 창조물의 원동력이다.

- 송숙희, 『성공하는 사람들의 7가지 관찰습관』

시대를 주도한 비즈니스 대가들의 공통적인 습관은 관찰이었다고 한다. 본질을 제대로 들여다보는 능력이 탁월했던 스티브 잡스, 진득하게 지켜보기의 대가 워런 버핏, 보이는 것 너머까지 상상의 눈으로 바라봤던 레오나르도 다빈치 등 다양한 분야의 천재들 역시 그들만의 특별한 관찰 습관이 있었다고 한다. 같은 것을 보고도 차이를 만들어 내는 힘, 시대를 주도한 비밀의 원천은 바로 관찰 습관이었던 것이다.

『탁월함에 이르는 노트의 비밀』의 저자 이재영 박사는 원자 공학으로 KIST에서 박사학위를 받고 한동대에서 교수로 재직 중이다. 그는 '기억력도 별로 좋지 않고 의지력도 약한 사람들이 어떻게 평균 이상으로 살 수 있을까'를 고민하다 보니, 특정 분야에서 탁월한 업적을 달성한 사람들의 비결이 무엇인지 알고 싶어졌다고 한다. 이재영 교수가 다양한 연구를 통해 깨달은 탁월함에 이르는 비법은 바로, '자기 노트와 자기 생각 기록하기'였다고 한다. 그는 책 말미에 다음과 같이 기록하고 있다.

> 노트를 사라. 그리고 써라. 항상 들고 다녀라. 심심하면 열어 보고 떠오르는 순간의 생각을 기록하라. 한 권의 노트에서 하나의 결론을 뽑아내라. 몇 년을 지속하면 당신의 서가에는 당신의 주장이 가득 담긴 노트가 꽉 찰 것이다.
>
> - 이재영, 『탁월함에 이르는 노트의 비밀』

박태환 선수의 멘토라 할 수 있는 노민상 감독은 10년 이상 수천 장이 넘는 훈련 일지를 손수 작성하면서 그에게 자신의 꿈과 인생을 걸었다고 한다.

무소유 정신을 널리 알린 법정 스님도 살아생전에 엄청난 메모광으로 알려져 있다. 함께 수행하던 스님이 그 모습을 보고 '삼보일배'가 아니라 '삼보 일메모'라고 했다고 한다.

"사랑하면 알게 되고 알게 되면 보이나니, 그때 보

이는 것은 전과 같지 않더라."

이는 정조 때 문인 유한준이 한 말을 유홍준 선생이 인용하면서 유명해진 말이다. 관찰은 관심에서 비롯된다. 그리고 관심은 사랑의 또 다른 표현이다. 결국 사랑하는 만큼 보이는 것이다.

영업 관리자도 마찬가지다. 영업 담당자에게 관심과 애착이 많을수록 더 세심히 관찰하게 된다. 이때 관찰과 기록은 코칭의 기반이 된다. 영업 담당자의 행동을 세심하게 관찰하고 기록하는 것에서부터 코칭은 시작된다. 하지만 영업 관리자가 영업 담당자의 실적이나 결과만을 가지고 피드백을 할 수도 있다. 그렇다면 이 영업 관리자야말로 평소 훈련장에는 나타나지도 않다가 경기장에서 승패만 가지고 선수들을 탓하는 감독과 다를 바 없을 것이다.

개선과 개발을 위해
영업 과정을 관찰하라

전문적인 코치들이 선수들을 개발시키기 위하여 어떻게 하는지를 주목해 볼 필요가 있다. 그들은 지속적으로 실수를 하는 선수를 발견했을 때 활동하기 시작한다. 코치들은 개선이 필요한 사항에 대해 선수에게 이야기해 주고 연습 과정을 거치게 하고, 선수가 그것을 하는 것을 다시 지켜보고 개선되었을 때 격려해 준다.

다음은 어떻게 하면 영업 관리자가 효율적으로 영업 활동을 개선할 수 있는가를 알아보자.

개선이 필요한 영업 담당자를 관찰해야 한다. 영업 관리자가 그것을 관찰하지 않으면, 무슨 일이 일어나고 있는지 그리고 그것을 어떻게 개선해야 할지 알기가 어렵다.

관찰을 통한 개선은 지속적일 필요가 있다. 한 영업 담당자와 함께 단 한 번의 동행을 통해 관찰한 것이 그동안 영업 담당자가 했던 모든 것이 그러했을 것이라고 생각하는 것은 현실적이지 않다. 무엇이 지속적인 것이며 무엇이 일회성으로 발생한 것인지의 차이점을 이해하기 위해서는 여러 번의 관찰이 필요하다.

개선할 사항에 대해 영업 담당자들에게 이야기해 주어야 한다. 개선이 필요한 사항에 대해 당사자가 모른다면 누구든 무엇인가를 시정하기 어렵다. 영업 관리자들은 개선이 필요한 영역을 가지고 있다고 영업 담당자들에게 말하는 것을 불편해한다. 갈등의 가능성은 항상 존재한다. 그러나 영업 관리자는 영업 담당자들에게 개선이 필요한 사항을 상세히 설명해 주어야 한다. 그리고 영업 담당자가 그것을 따라 할 수 있는 방식으로 보여주어야 한다.

새로운 방식을 시도하는 것을 지켜보아야 한다. 영업 관리자가 개선이 필요한 영업 담당자들에게 새로운 방법을 그들이 따라 할 수 있는 방식으로 보여주고, 새로운 방식을 시도하는 동안에 관찰해야 한다. 앞서 여러 번 설명했듯이, 말로만 하는 것은 비효율적이다. 영업 관리자는 자신이 말한 것이 받아들여져서 영업 담당자들이 그것을 할 수 있는지를 보아야 한다.

위의 과정을 거쳤다면 능숙하게 된 것에 대하여 "잘했어"라고 하든지, 아니면 앞에서 논의했던 훈련의 2단계에서 5단계까지를 다시 한번 해 보기를 권한다. 올바른 프로세스에 익숙하게 되기까지는 여러 번의 시도가 필요할 수도 있다. 영업 담당자가 새로운 방식을 시도하는 데 있어서 영업 관리자는 지지자가 되어야 한다.

긍정적인 강화는 영업 담당자들이 단시간 내에 능숙하게 되지 않더라도 매우 중요하다. 새로운 프로세스에 대한 시도 자체를 격려하는 것이 좋다. 이것은 기어 다니던 아기를 걷도록 격려하는 것과 유사하다. 아기가 비틀거리며 서서 한 발짝을 떼려고 시도할 때 우리는 격려하고 환호한다. 그 아기가 한 발짝을 떼고 나서 주저앉는다 하더라도 칭찬을 아끼지 않는다. 몇 발짝 가지 못하고 주저앉는다 하더라도 나무라거나 하지 않는다.

영업 관리자는 영업 담당자들이 원하는 성과를 얻을 때까지 지속적으로 격려해야 한다. 영업 담당자들이 완전하게 그것을 이해하지 못하면, 훈련 과정의 1단계로 다시 돌아가서 설명하고 시연하고 연습하도록 하고 관찰을 통해 피드백을 주어야 한다. 이것이 좋은 코치와 유능한 영업 관리자가 하는 일이다.

새로운 영업 관리자들을 위한 중요한 사항

영업 관리자에게 자신이 영업 담당자이었을 때보다 훨씬 더 뛰어난 영업 담당자가 팀에 있는 것은 매우 중요한 사항이다. 최고의 스타가 아니었던 선수들 중에도 최고의 코치가 많이 있다는 것을 생각해보자. 여기서 코치의 태도를 가진 영업 관리자라면 누구나 앞에서 소개한 5단계 훈련 방법을 통해 영업 담당자를 도울 수 있을 것이다.

관찰할 수 있는 기회들

영업 관리자들은 다음과 같은 기회를 통해 영업 담당자들을 관찰할 수 있다.

판매 기술을 실습하는 훈련 과정 : 영업 관리자들이 영업 담당자들을 훈련시키기 위해 외부 컨설턴트나 훈련 기관을 이용할 때, 영업 관리자가 함께 그 훈련에 참가하거나 훈련이 끝난 후에 배운 내용을 강화시켜 주는 것이 매우 중요하다.

전화 통화를 효과적으로 하는 방법을 논의할 때 : 영업 관리자들이 각 고객들에게 전화 통화 시 정확한 용어들을 사용하게 하고 관찰하고 코칭 할 수 있는 아주 좋은 기회들이다.

역할 연습 시간 : 영업 관리자나 또 다른 영업 담당자가 가망고객 역할을 맡고, 그 영업 담당자가 판매하게 하는 것이다. 처음에는 이러한 방법이 영업 담당자에게 다소 불편할 수 있지만 지속적으로 관리가 된다면 기술들을 향상시키는 중요한 방법이 될 수 있다.

동행 시 지침 사항

현장을 동행하기 전에 영업 관리자가 맡을 역할을 결정한다. 동행하는 목적이 영업 관리자가 영업 담당자의 판매 기술을 관찰하기 위해서라면 영업 관리자가 판매 과정에 개입하지 않는 것이 중요하다. 사전 준비 단계에서, 영업 담당자와 영업 관리자는 고객과 상담 시 각자가 무슨 역할을 맡을 것인지를 명확하게 설정해야 한다.

가망고객 앞에서 영업 사원의 신용을 훼손하지 말아야 한다. 영업 담당자들이 전달받은 중요한 판매 활동들을 얼마나 효율적으로 사용하는가를 살핀다. 관찰은 영업 담당자의 개발을 용이하게 하고 코칭 할 내용이 무엇인지를 영업 관리자에게 알려준다.

영업 담당자들의 판매 기술을 알아보기 위해서는

가망고객들과 영업 담당자와의 상담 내용을 관찰한다. 영업 담당자를 관찰하기 위한 가장 좋은 방법은 현장 동행이다.

뛰어난 영업 관리자들은 관찰력이 뛰어나다

뛰어난 영업 관리자들은 관찰력이 뛰어나다. 이들은 전문적인 코치들이 하는 것처럼 세세한 것에 관심을 기울인다. 관찰력이 뛰어나다는 것은 일어나고 있는 일을 단순히 보고 듣는다는 것 이상이다. 뛰어난 영업 관리자들은 말한 것뿐만 아니라 말하지 않는 것도 잘 알고 있다. 이들은 사용되는 단어들뿐만 아니라 보디랭귀지와 목소리 톤까지도 관찰한다.

보디랭귀지와 톤이 말보다 커뮤니케이션의 전달에 있어서 더 중요한 역할을 한다는 것을 기억해야 한다. 관찰하는 것은 영업 담당자들로 하여금 영업 관리자가 관심을 기울이고 있고 신경을 쓰고 있으며 적극적으로 도와주고 싶어 한다는 것을 느끼게 해 줄 수 있는 좋은 방법이다.

현장 동행 시 알아야 할 4가지 원칙

영업 관리자들이 현장 동행 시 반드시 알아야 할 4가지 원칙이 있다. 이 원칙들을 알고 있으면 현장 동행이 성과로 연결되기 쉽다. 하지만 그냥 지나치면 동행이 효과를 거두기 어렵다.

따라서 이러한 원칙을 사전에 인식하고 실천할 경우 경우 더 효과적인 현장 코칭이 가능하다. 세부적으로 살펴보고, 그 방법을 알아보자.

원칙 1 : 영업 담당자가 느끼는 불안을 이해하라.

영업 관리자와 담당자 모두에게 현장 동행은 부담이 크다. 동행은 고객을 마주한 상태에서 이루어지는 영업 담당자의 행동에 중점을 두며, 이때 고객의 존재는 모든 압박의 원인이다. 상담 과정에서 이루어지는 영업 관리자의 관찰 역시 영업 담당자에게는 부담으로 작용한다. 영업 담당자는 자신의 행동이 영업 관리자에 의해 관찰되고 분석된다는 사실을 안다. 따라서 자신의 일거수일투족을 의식하게 되고 평소처럼 영업 자체에 집중하지 못하게 된다.

결국 현장 동행에 나선 대부분의 영업 담당자는 혼자서 상담을 진행할 때보다 자신이 영업 활동을 제대로 수행하지 못하고 있다는 느낌을 받는다. 영업 관리자가 지켜보고 있는데 상담을 진행해야 한다면 분명 잘 보이고 싶은 마음이 있는데, 상담이 진행될수록 평소만큼 실력이 발휘되지 않아 불안하게 된다. 지나치게 자신을 의식하다 보니 상담이 원활하게 진행되지 않고, 제대로 상담을 해야겠다고 마음을 가다듬는 순간, 영업 관리자가 무슨 생각을 하고 있는지 궁금해진다. 이러한 생각 때문에 정신은 더욱 산만해진다. 상담이 끝나고 난 뒤 영업 관리자가 상담 내용을 검토하려고 할 때 영업 담당자는 자신의 행동에 못마땅한 기분이 들고 현장 동행 자체에 대해서 적개심마저 들게 된다.

그런데 불안한 마음을 갖는 것은 영업 담당자만이

아니다. 조금 전 상담을 지켜본 영업 관리자 역시 기대한 대로 이루어지지 않은 상담을 지켜본 후 씁쓸하기는 마찬가지일 것이다. 영업 관리자는 "내가 중간에 끼어들어야 했을까?"라는 의문을 갖게 된다. 영업 관리자가 이런 생각으로 머릿속을 가득 채우고 영업 담당자와 상담 내용을 검토하려고 한자리에 앉으면 현장 동행은 그야말로 위험천만한 일이 될 수밖에 없다.

양쪽 모두 상담 과정에 대해 불만을 느끼는데 그것을 고려하지 않고 직접적으로 문제를 지적하고 나서는 영업 관리자들이 많이 있다. 영업 담당자가 느꼈을지 모르는 불안을 외면한 채 현장 동행을 하려고 드는 것은 잘못이다. 상담을 지켜본 영업 관리자가 실망에 가득 차 시작부터 부정적인 평가를 늘어놓으면 현장 동행은 엉망이 될 가능성이 크다.

성공적인 현장 동행이 되려면 동행에 앞서 서로가 서로를 수용할 수 있는 분위기를 조성해야 한다. 그러기 위해서는 다음의 두 가지 조치를 취해야 한다.

첫째, 압박감을 인정한다. 영업 관리자가 참석한 자리에서 상담을 진행하는 것이 영업 담당자에게는 무척 어려운 일이라는 점을 영업 관리자가 이해한다는 것을 영업 담당자가 알게 한다. 예를 들면 "저도 상사와 함께 현장 동행을 나가면 혼자 상담을 진행할 때보다 훨씬 불편하다고 느꼈습니다", 혹은 "누군가 지켜보는 가운데 영업을 하려면 얼마나 난감한지..."라고 말해보자.

영업 관리자는 자신의 존재로 영업이 어려울 수 있다는 사실을 인정함으로써 영업 담당자가 최선을 다했을 때 무작정 나쁜 평가를 내리지 않을 것이라고 안심시켜야 한다. 그러한 간단한 위로의 말은 현장 동행에 대한 영업 담당자의 저항감을 희석시킬 수 있다. 아울러 영업 관리자가 처음으로 어떤 영업 담당자와 현장 동행을 한다면 영업 담당자가 느낄지 모를 압박감을 처음부터 미리 인정해 주는 것이 좋다.

둘째, 긍정적인 면을 지적한다. 누구나 잘한 일보다는 잘못한 일을 찾는데 능숙하다. 이 사실은 간단한 실험을 해보면 쉽게 알 수 있었다. 경험이 풍부한 영업 관리자들을 대상으로 동영상을 시청한 후 영업 담당자의 행동에 대해서 평가를 내리도록 했다. 영업 관리자들에게는 중립적인 태도를 요구했고 잘

한 행동과 그렇지 못한 행동을 구분하도록 했다. 영업 현장을 담은 동영상에서 영업 담당자는 바람직한 행동과 그렇지 않은 행동을 거의 반반씩 수행했다. 그런데 영업 관리자들의 80%가 부정적인 면을 지적했다. 영업 관리자들의 반응은 주로 다음과 같았다.

- 영업 담당자가 고객의 반론을 무시하고 실수를 했다.
- 고객의 말을 귀담아듣지 않았다.
- 고객이 듣고 싶어 하지 않는 지루한 설명을 늘어놓는다.

중립적이거나 긍정적인 면을 지적한 평가는 전체의 20%에 불과했다.

대부분의 사람들은 효과적이지 못한 행동을 더 주목한다. 사람들은 대게 결점을 보고, 자신이라면 그렇게 처리하지 않았을 것들을 보고, 그리고 실수를 본다. 결국 동행을 하면서도 그런 결과가 나타난다. 현장 동행 시 코칭 기술을 제대로 익히지 못한 영업 관리자는 긍정적인 면보다 부정적인 면에 주목할 가능성이 크다.

이러한 문제점을 해결하기 위해 영업 관리자는 동행 시 영업 담당자가 보여준 긍정적인 면을 피드백하면서 코칭을 시작하는 것이 바람직하다. 그 이유는 긍정적인 면을 강조하면 상담이 끝난 뒤 더 긍정적으로 검토를 진행할 수 있고, 조금은 미묘한 효과를 더 기대하기 때문이다.

영업 관리자가 긍정적인 면을 지적하려고 마음먹으면, 실제 상담에서 긍정적인 면을 볼 가능성이 커진다. 즉 영업 관리자의 시각을 교정함으로써 지나치게 부정적인 시선에서 좀 더 중립적인 시선을 갖도록 할 수 있기 때문이다.

원칙 2 : 영업 관리자의 견해를 영업 담당자에게 강요하지 마라.

영업 관리자가 상담 과정에서 침묵을 지켜야 한다는 점은 현장 동행 시 가장 어려운 점이다. 고객과의 상담에 참석해 잠자코 앉아 메모만 하고 있어야 한다는 사실에 실망을 토로하는 영업 관리자들도 있다. 이들은 말하고 싶어 안달이 난다. 머릿속에 차곡차곡 쌓인 생각은 고객과 헤어지자마자 폭발을 일으킨다. 이런 영업 관리자들은 상담이 어땠는지, 무엇을 잘못했는지에 관해서 조금의 빈틈도 주지 않고 자신의 의견을 마구 쏟아낸다.

영업 관리자의 결론이 일단 옳다고 가정해도, 상담이 끝나 몇 분도 지나지 않아 성급히 결론부터 내리는 것은 결코 바람직한 행동이 아니다. 그런데 현장 동행을 수행하는 영업 관리자는 영업 담당자에게 그런 성급한 행동을 하는 일이 빈번하다. "자네에게 필요한 것은 바로..."라는 식으로 영업 관리자가 말을 꺼내는 것이다.

이런 방식은 영업이나 현장 동행에서 적절하지 않다. 처음부터 제품을 제안하고 시작하면 고객이 거부감을 느끼고 저항하는 것과 마찬가지로, 영업 관리자가 처음부터 결론을 내리고 동행을 시작하면 영업 담당자는 당연히 그러한 코칭을 거부하게 된다. 거부감은 곧 논쟁을 일으키게 되고, 영업 관리자는 자신도 모르게 어느새 자신의 의견을 영업 담당자에게 강요하고 있다는 사실을 깨닫게 된다. 현장 동행에서 이러한 행위는 아주 흔하고 심각한 실수에 속한다.

영업 관리자가 그런 실수를 예방할 수 있는 가장 쉬운 방법은 상담에서 활용하는 기술을 적용하는 것이다. 즉, 영업 기술을 발휘하면 된다. 고객을 만나 제품을 팔 때 어떤 식으로 행동해야 할까? 먼저 질문해야 한다. 상담의 결론을 미리 제시하지 말고 다음과 같은 방식의 질문을 던져보자.

- 이번 상담이 어땠던 것 같아?

- 상담 목표는 달성되었는가?

- 다시 상담을 하다면 어떻게 다르게 해 보겠어?

현장 동행이 영업 관리자와 영업 담당자의 대결의 장이 되어서는 안 된다. 질문을 통한 코칭이야말로 비생산적인 충돌을 피할 수 있는 가장 확실한 방법이다.

원칙 3 : 한 번에 한 가지씩 훈련하라.

대부분의 현장 동행은 지적사항을 절반으로 줄였을 때 효과가 두 배로 나타날 가능성이 있다. 다음의 사례는 현장 동행을 하는 동안 실제 있었던 대화를 기록한 내용이다.

"제품에 대한 자세한 내용을 너무 성급히 설명했다는 걸 인정했으니 다음부터는 제품에 대한 설명을 할 때 좀 더 신중할 필요가 있어. 다시 말하면 상담이 무르익었을 때 설명하라는 거야. 그리고 제품 설명을 할 때는 특성이 아니라 고객의 이점을 중심으로 설명하라는 거야. 그리고 고객의 말을 중간에 자주 끊지 말아야 돼. 고객의 말을 들으려 하지 않는 거 같았어. 좀 더 여유를 가지고 고객의 말을 들어야겠어. 고객의 말을 듣지 않고 자꾸 제품 설명만 하니까 고객이 굉장히 답답해하는 거 같았어. 항상 고객과 눈을 마주치고 고개를 끄덕인다든가 하는 비언어적인 반응을 자주 하는 게 중요해 일겠어?"

영업 담당자에게 이렇게 피드백을 늘어놓아서는 안 된다. 영업 담당자는 상담을 진행하면서 이러한 지적사항의 한 가지도 제대로 연습하기에 벅찰 것이다. 영업 관리자의 충고 중에서 두 가지만 수행해도 정말 보기 드문 영업 담당자다.

영업 관리자는 피드백을 많이 하면 할수록 더 훌륭한 코칭이 된다고 믿는 경향이 있다. 훌륭한 리더십과 통찰을 겸비한 뛰어난 상담가로서 영업 관리자는 영업 담당자에게 모든 것을 가르치고 싶을지도 모른다. 하지만 이때에도 영업할 때 하는 방법을 써야 한다.

경험이 부족한 영업 담당자는 제품에 관해 자신이 아는 모든 것을 고객에게 전달하려고 애쓴다. 영업을 직접 해 본 사람이라면 많은 정보를 전달한다고 해서 반드시 좋은 결과가 나오지 않는다는 사실을 곧 깨닫게 된다. 왜냐하면 제품에 대한 수많은 정보를 순식간에 접한 고객은 혼란스러울 수밖에 없기 때문이다.

현장 동행 시에도 그러한 혼란이 발생한다. 현장 동행을 하는 영업 관리자의 목적은 정보를 제공하는 것이 아니라, 영업 담당자가 그 정보를 영업 기술로 전환하는 힘든 과정을 이행하도록 요구하는 것이다. 새로운 기술을 익히는 데는 많은 시간이 걸리고, 실력은 조금씩밖에 늘어나지 않는다. 영업 담당자에게 너무 많은 지적을 하는 것은 영업 관리자가 현장 동행 시 범하는 가장 큰 실수다. 그렇다면 지적할 사항이 많은 경우 영업 관리자는 어떻게 해야 할까? 영업 관리자가 판단하여 영업 담당자에게 가장 중요하다고 생각되는 행동 하나를 선택한다. 즉, 개선하면 영업 성과에 가장 큰 도움이 되는 영업 기술 하나를 선택한다.

한 번에 하나의 기술에 중점을 두고 코칭을 할 때 영업 기술이 가장 빠르게 개선된다. 한 번에 서너 개의 행동을 지도하면 절대 개선되지 않는다. 믿기 어렵다면 실제로 시도해 보라. 한 가지 기술에 주력해 행동을 개선할 때 놀라울 정도로 영업 담당자의 영업 기술이 향상되는 것을 경험하게 될 것이다.

원칙 4 : 동행 후 후속 관리가 중요하다

영업 관리자들이 가지고 있는 가장 흔한 단점 중 하나가 동행 후 후속 관리를 등한시하는 것이다. 현장 동행뿐만 아니라 권한 위임, 목표 설정, 혹은 단순한 일상적인 관리에 있어서 체계적이고 지속적인 후속 관리는 성공의 필수 요소이다. 그런데 특히 현장 동행 후 후속 관리가 제대로 이루어지지 않는다. 많은 영업 관리자들이 현장 동행의 성공에 있어 후속 관리가 중요하다는 것을 정확히 알지 못한다.

현장 동행이 성과로 나타나기 위해서는 다음과 같이 후속 관리가 이루어져야 한다.

구체적인 목표

실행 계획은 일정 기간 동안 영업 관리자와 영업 담당자가 함께 실천할 수 있는 구체적인 행동의 형태로 목표를 설정해야 한다. 예를 들어 영업 관리자와 영업 담당자는 향후 2주 동안 고객의 말을 중간에 끊지 않고 공감하는 연습을 하기로 합의할 수 있다.

구체적인 후속 작업

영업 관리자는 실천 계획을 짤 때 구체적인 목표의

달성 여부를 언제, 어떻게 확인할지 명시해야 한다. 예를 들어 영업 관리자와 담당자는 수요일까지 고객의 말에 공감하는 연습을 하고, 2주 정도 후에 하루 정도 시간을 내서 영업 담당자가 현장에서 고객과 상담하는 것을 도와주고 고객의 말에 어떻게 반응하는지 관찰하고 나중에 피드백을 제공한다.

후속 관리는 시간이 걸린다. 하지만 충분한 후속 관리가 이루어지지 않는다면 영업 담당자의 행동 변화는 거의 일어나지 않는다.

효과적인 현장 동행 모델

앞에서 언급한 현장 동행 시에 흔히 나타나는 실수와 그 대처 방안을 〈표 1-1〉과 같은 현장 동행 모델로 정리해 볼 수 있다.

이 모델은 단순하지만 매우 효과적이다. 사실 현장 동행이나 코칭에 대한 책과 프로그램은 무수히 많고 영업 관리자가 선택할 수 있는 코칭 모델 역시 수없이 많다. 그런데 필자가 유독 이 모델을 선호하는 이유는 우선 이 모델은 단순하지만, 현실에서 부딪히는 현장 동행 문제를 해결하기 위해 고안되었다는 것이다. 중요한 것은 체계적인 코칭 프로세스를 가진 모델을 채택하는 것이다. 이 모델이 당신에게도 적절한지 판단하는 기준은 "나는 현장 동행 시 알아야 할 4가지 원칙을 준수하고 있

표 〈1-1〉 효과적인 현장동행 모델

동행 시 지켜야할 4가지 원칙	동행모델	사례
원칙 1 영업 담당자의 불안을 이해하라	수용적인 분위기를 조성한다	**압박감의 인정** "상사가 지켜보는 데서 영업을 하기는 어렵다는 것을 잘 알아." **긍정적인 면을 피드백** "가격 저항을 잘 처리했어."
원칙 2 영업 관리자의 견해를 강요하지 마라	질문한다	"상담을 끝내고 나니 기분이 어때?" "이번 상담의 목적은 뭐였지?" "상담이 예상대로 진행되었다고 생각해?"
원칙 3 한 번에 한 가지 씩 훈련한다	가장 중요한 기술 한가지를 선택한다	"모든 것을 한번에 다 개선하려고 하지마." "고객의 말을 끊지 않는것에 집중해."
원칙4 후속 관리가 중요하다	실행 계획에 합의한다	**구체적인 목표 설정** "고객의 말을 경청하는 연습이 필요해." **후속 작업 명시** "다음주 화요일 상담계획을 함께 검토합시다."

는가?"라는 질문을 던져보는 것이다. 만일 그렇지 않다면 이 모델이 그러한 실수를 예방하고 보다 효과적으로 현장 동행을 하는 데 도움이 될 것이다.

Habit 2. Self Coaching Note

Q. 영업 담당자들의 활동에 대한 관찰을 통해 무엇을 얻을 수 있고, 관찰을 통해 발견한 강약점을 어떻게 피드백 할 수 있는가?

_____

_____

_____

_____

_____

_____

_____

Q. 언제 관찰할 기회를 갖는가?

_____

_____

_____

_____

_____

_____

_____

habit 3

──

성과를 위한
강점들과 기회들을
평가한다

강점을 평가하고 개발하라

무엇을 평가한다는 것은 그것의 가치를 결정하는 것이다. 영업 담당자들은 영업 조직이 가지고 있는 가장 소중한 자원이다. 따라서 뛰어난 영업 관리자들은 영업 담당자들의 강점을 판단하고 그들의 현재 가치를 평가하고, 그들의 가치를 높이는 것을 어떻게 도와줄 것인가를 결정하기 위하여 개발이 필요한 영역들을 결정해야 한다. 또한 영업 담당자들의 가치를 높이기 위하여 어떻게 해야 하는지를 결정해야 한다. 평가는 영업 관리자로 하여금 영업 담당자가 성과를 올리는데 방해가 되는 장애물들을 결정할 수 있게 한다. 일단 장애물들을 발견하면, 영업 관리자는 그러한 장애물들을 제거하고 영업 담당자의 가치를 높이기 위한 전략들을 개발해야 한다.

평가는 지속적으로 이루어 져야한다

뛰어난 영업 관리자는 영업 담당자들이 어떻게 하고 있는지 그리고 그들을 개발하기 위하여 무엇을 해야 하는지를 결정하기 위하여 지속적으로 평가한다. 영업 담당자의 개인적 성과를 파악할 뿐만 아니라 그 성과가 만들어 내는 영업 과정을 파악한다. 이것은 미래에 대해 계획을 세우는 것이며, 기대를 달성하는 것이다. 또한 영업 담당자들의 역량을 개발하고 문제를 해결하는 것이며, 동기부여에 관한 것이기도 하다.

평가는 매일매일, 매주 지속적으로 이루어져야 한다. 물론, 분기별, 연간 2회씩, 또는 연간 성과에 대한 평가를 할 수도 있다. 그러나 발견된 문제들에 대한 조치를 취하고 필요한 기술들을 개발하기 위해서 한 분기까지 기다리는 것은 너무 길다. 뛰어난 영업 관리자들은 지속적으로 평가하고 대책을 강구한다.

평가의 좋은 점들

영업 담당자의 가치를 평가하는 것은 많은 이점이 있다.

평가는 영업 관리자와 영업 담당자에게 방향을 제시해 준

다. 개발이 필요한 영역을 발견하고 성과를 위해 새로운 방향으로 함께 일할 수 있도록 해 준다.

새로운 목표들을 설정할 기회이다. 영업 담당자가 특별한 영역에 대하여 평가를 받을 때 그 영역에 대하여 작업할 목표들을 설정할 수 있다. 또는 강점들을 평가하고 달성했을 때, 영업 담당자는 더 높은 목표들을 맡을 수 있다.

영업 담당자에게 영업 관리자가 신경 쓰고 있다는 것을 알게 해 준다. 영업 관리자가 신경 쓰고 있다는 것을 아는 것은 영업 담당자의 이직을 줄이고 생산성을 향상시킬 수 있는 중요한 동기부여 요인이다.

기대를 명확하게 하는 데에 도움을 준다. 평가 기간 동안에 영업 관리자와 영업 담당자는 활동에 대해 논의한다. 종종 이러한 논의의 결과로 나오는 기대가 명확하지 않아 원하지 않은 결과로 이어지는 경우가 많다. 평가 기간은 기대를 명확하게 할 수 있다.

개발이 필요한 부분에 대하여 영업 담당자로부터 동의를 얻

는다. 결과들을 파악하고 그러한 결과에 대한 원인이 되는 활동들을 평가하면 특히, 결과들이 기대한 수준이 아닐 때 그 영업 담당자에게서 동의와 참여의 기회를 제공한다.

미래를 위한 계획에 도움을 준다. 평가 기간은 미래 지향적이다. 평가는 잘 진행되고 있는 일에 초점을 맞출 뿐만 아니라 성장하기 위해 다르게 처리해야 할 것에도 초점을 맞춘다. 영업 담당자들이 성장할 때 회사도 성장하고 더 나은 계획을 만들 수 있는 것이다.

평가 기준을 명확히 하라

평가는 '내가 어떻게 하고 있지?'에 관한 것이다. 평가는 측정 척도를 필요로 한다. 측정 척도란 다음과 같은 것들이다.

- 양(판매액, 전화 건수, 약속 건수, 판매 건수, 판매된 물량, 예산 또는 예산 외 비용)
- 질(고객 만족도)
- 최초의 전화 통화에서 다음 단계로 진전, 훈련 프로그램에 참여, 팀 할당량 완수, 개선 목표 달성
- 마감기한(데드라인), 제때에 통화 계획, 통화 보고서, 비용 보고서 제출.
- 지식 향상, 제품 특징들과 이점들을 배우고 효과적으로

사용할 수 있는 것

측정하는 과정

'평가'는 목표에 관하여 합의된 측정 과정이다. 영업 관리자가 기대를 전달하는 과정에서 직무기술서를 검토하고 영업 담당자는 다음 사항들에 있어서 목표에 대해 검토하고 합의한다.

직무기술서의 목표와 기대 사항 : 직무기술서는 영업 담당자의 역할과 책임, 직무의 자격 요건들에 대하여 개략적으로 설명한다. 또한 영업 관리자는 영업 담당자들에게 전달할 성과와 활동에 대한 기대를 명확하게 정의하고 전달한다. 영업 관리자는 영업 담당자가 제품을 판매하는 지역에서 기대한 대로 활동하고 있는지를 지속적으로 평가한다.

- 영업 담당자가 할당 지역에서 판매 목표를 달성하는가?
- 영업 담당자가 특정 제품들과 서비스에 한하여 판매하고 있는가?
- 아니면 다양한 제품을 판매하는가?
- 그 이유는?

전달된 기대와 실제 활동을 비교 : 영업 관리자와 영업 담당자는 활동 목표를 '잠재 고객을 대상으로 일주일에 5건의 약속 잡기'와 같이 세울 수 있다. 영업 관리자는 영업 담당자가 1주일에 새로운 잠재 고객과 5건의 약속잡기라는 목표를 어떻게 달성할 수 있는지를 지속적으로 평가한다.

- 일주일에 5건의 약속이 이루어졌는가?
- 약속들의 질은 어떠한가?
- 약속들은 새로운 잠재 고객과의 약속인가?
- 약속들 중 얼마나 판매를 위한 기회가 되었는가?

성장과 개발 목표들 : 영업 관리자는 영업 담당자의 기술들을 개선하기 위한 목표를 설정할 수 있다. 영업 담당자가 예비 고객과 통화를 하는 과정을 관찰하고 판매 결과를 검토함으로써 영업 관리자는 영업 담당자가 얼마나 성공적으로 성장과 개발 목표를 충족시킬 수 있는지를 평가할 것이다.

- 영업 담당자 코칭 시에 논의되었던 방법들을 사용하고 있는가?

- 영업 담당자가 그것들을 얼마나 사용하고 있는가?

- 그것들이 효과가 있는가?

- 그 이유는?

- 그렇지 않은 이유는?

영업 담당자들은 성장과 개발에 관하여 자신들이 활동하는 방법 또는 그 원인에 관한 영업 관리자의 질문에 답변한다.

판매 목표 : 영업 담당자가 가지고 있는 수입 목표, 제품과 서비스의 판매량 등 목표들은 지속적으로 평가받는다.

- 이러한 목표가 목표액 위에 있는가?

- 목표액과 동일한가?

- 목표액보다 아래에 있는가?

- 그것들은 왜 그런가?

주간 계획 : 구체적인 계획이 없는 목표는 매우 비효율적이다. 영업 관리자는 영업 담당자의 계획이 목표 달성을 위해 효율적인지 지속적으로 평가한다.

- 계획은 잘 고려된 것인가?

- 효과가 있는가?

- 목표 달성이 가능한가?

- 그렇지 않다면, 왜 그런가?

목표에 대한 진척 상황을 평가하라

모든 실행 과정은 목표와 비교함으로써 평가받는다. 그 과정의 일부는 현장 동행 시 고객과 상담하는 동안의 관찰이나 동료들의 피드백을 통해서 이루어진다. 영업 관리자들이 영업 담당자의 성과를 평가한다는 것은, 목표를 달성하는데 필요한 영업 담당자의 능력을 평가하는 것이다.

뛰어난 영업 관리자들은 정기적으로 목표에 대한 영업 담당자들의 진척사항을 측정하고 추적한다. 또한 판매 활동을 관찰하고 코칭하고 감독하고 지시한다. 더 높은 판매 실적의 달성은 현재 진행 중인 활동에 대한 평가와 개선을 통해서 얻어진다. 개선을 위해 할 수 있는 질문들은 다음과 같다.

- 실적이 향상되고 있는가?

- 잠재적인 판매 잔고(Pipeline)가 늘어나고 있는가?

- 코칭을 받고 있는 영역에서의 개선을 증빙할 만한 것이 있는가?

- 영업 담당자가 성공에 필요한 태도를 가지고 있는가?

- 영업 담당자가 문제 상황을 효율적으로 처리하는가?

- 영업 담당자가 새로운 아이디어를 시도하는 데에 개방적이며 할 의지가 있는가?

- 업무에 지장을 주는 개인적 문제들이 있는가?

뛰어난 영업 관리자들은 영업 담당자와 함께 있을 때 이러한 것들에 대해 평가하고 개선이 필요한 다른 영역에 관하여 논의한다. 이들은 보고서에 나타나는 숫자뿐만 아니라 영업 담당자들의 진척사항을 균형 있게 지원하기 위하여 질적인 측면도 평가한다.

공식적인 평가와 약식 평가 활용하기

평가는 공식적인 방식들뿐만 아니라 약식으로도 이루어진다. 영업 담당자의 상담을 관찰한 후에 영업 관리자는 이것이 어떻게 해야 목표에 더 가까이 다가갈 수 있는지 피드백 한다. 함께 동행한지 하루나 이틀이 시났을 때 영업 관리자는 좀 더 공식적인 코칭을 위하여 함께 하는 시간을 갖는다. 이때 영업 관리자들은 목표를 달성하기 위하여 필요한 활동들을 조정한다.

영업 담당자의 활동을 평가하는 것은 영업 관리자와 담당자 간의 효과적인 대화를 위한 기회가 될 수 있다.

평가를 동기부여 기회로 활용하라

뛰어난 영업 관리자들은 사람들을 성장시키고 개발시키는 데에 관심이 있으며, 평가를 동기부여 수단으로 활용한다. 이들은 비판적이 아닌 긍정적인 방법으로 평가한다.

예를 들어 영업 담당자가 옳고 그르게 하는 것들에 관해서가 아니라 강점들과 개발을 위한 기회들에 관하여 이야기한다. 이들은 강점들이 성과에 어떻게 기여하는지 그리고 개선이 필요한 영역들이 어떻게 성과를 가져다줄 수 있는지에 대해서 집중하기 위해 영업 담당자와 함께 한다. 그리고 이들은 평가 과정을 결과뿐만 아니라 활동, 기술, 지식, 결과를 추진하는 개인 특성들에 관하여 이야기할 기회로 이용한다.

영업 관리자와 영업 담당자는 개발로 이어지는 실행 계획에 합의한다. 또한 새로운 목표를 달성하기 위한 계획에 동의한다. 평가는 영업 관리자가 영업 담당자들에게 집중할 수 있게 해 준다.

개발 계획 작성하기

뛰어난 영업 관리자들은 영업 담당자들이 영업 기술 향상과 목표 달성을 위해 다음과 같이 포괄적인 계획을 세우는 데에 도움을 준다.

- 목표 달성을 위해 필요한 단계들을 결정한다.
- 목표 달성을 위해 필요한 기술들을 구분한다.
- 확인된 기술들의 체크리스트를 작성한다.
- 이러한 기술을 향상시키기 위한 실행 계획을 세운다.
- 날짜, 시간, 그리고 책임과 함께 사후관리를 위한 계획서를 작성한다.

이런 공동평가 과정은 그 영업 담당자가 현재의 모습 그리고 원하는 미래의 모습에 대해 주인 의식을 갖도록 해 준다. 또한 성장하기 위한 장·단기 계획에 참여할 수 있게 해 준다. 궁극적으로 평가 과정은 영업 담당자를 동기부여하는 데 도움을 주고 평가받는 것에 대한 부담을 줄여준다.

평가 결과를 코칭 프로세스에 활용하라

뛰어난 영업 관리자들은 영업 담당자를 성장시키고 개발하는 데에 전념하며 강점들과 개선을 위한 영역들을 파악하기 위해 평가를 활용한다. 또한 개인의 목표와 기대를 회사 목표와 전략에 맞추는 것의 중요성을 이해하며, 필요 시마다 솔직한 피드백을 제공한다.

Q. 영업 담당자에 대한 평가란 무엇인가?

_____

_____

_____

_____

_____

_____

_____

_____

Q. 무엇을 어떻게 평가하는가?

_____

_____

_____

_____

_____

_____

_____

_____

_____

Q. 평가 결과를 어떻게 활용하는가?

habit 4

———

최적의
성과를 위하여
코칭 한다

코칭의 가치와 핵심을
정확히 이해하라

코칭은 영업 관리자들이 사용할 수 있는 가장 효과적인 영업 담당자의 영업 기술 개발 방식이다. 이 의미는 만약 영업 담당자들이 참가하는 영업 훈련 프로그램이 있다면 참가 후에 코칭을 통해 배운 것들을 강화할 수 있도록 해야 한다는 것이다. 훈련 과정에서 강사를 통해 일방적으로 전달되는 강의식 훈련에 비하여 코칭의 가장 큰 장점은 각 개인들의 요구와 강점에 맞출 수 있다는 것이다.

영업 관리자는 실적 평가로부터 코칭이 필요한 영업 담당자를 자연스럽게 발견하게 된다. 또한 실적 평가를 통해 도전적인 목표를 달성할 준비가 되어 있는 영업 담당자들이 누구인지도 발견하게 된다. 회사가 도움이 필요한 영업 담당자들을 도와줄 수 있는 공식적인 훈련을 제공하는 경우도 있지만 영업 관리자가 일대일 코칭을 제공하기도 한다

코칭은 부하직원의 잠재력을 최대한으로 끌어올리고 목표를 달성하도록 도와주기 위해 관리자와 부하직원이 지식과 경험을 공유하는 상호 활동이다. 특히 지도를 받는 사람이 적극적이고 의욕적으로 참여해야 하는 공동 노력이기도 하다. 뛰어난 영업 관리자들은 코칭의 기회를 실적 평가뿐 아니라 일상적인 업무 과정에서도 발견한다.

상호 노력으로 실적이 향상될 수 있다는 믿음이 있다면 코칭을 통해 영업 담당자들을 다음과 같이 도움을 받을 수 있다.

- 의욕을 되살려 준다.
- 업무 수행에 문제가 있을 때 제자리를 찾도록 도와준다.
- 장점을 최대한 활용하도록 해준다.
- 까다로운 고객을 직접 대하는 두려움을 없애는 등 개인적으로 어려워하는 부분을 극복하도록 도와준다.
- 프레젠테이션을 더 잘하는 방법을 배우는 등, 새로운 기술과 능력을 익히도록 도와준다.

- 리더십 기술을 발전시키는 등, 새로운 예비 리더로서 책임에 미리 준비할 수 있도록 도와준다.
- 능력을 향상시키고 스스로를 더욱 효율적으로 관리할 수 있도록 도와준다.

관찰로 시작하라

효과적인 코칭의 첫 번째 단계는 코칭을 받을 사람과 그 사람이 처한 상황, 그리고 그 사람이 현재 가진 기술을 파악하는 것이다. 그것을 파악하는 최고의 방법은 직접적인 관찰이다.

영업 관리자의 목표는 영업 담당자의 약점과 강점을 확인하고 그 행동이 목표 달성에 어떤 영향을 미치는지를 이해하는 것이다. 관찰을 할 때에는 다음과 같은 점들을 염두에 두어야 한다.

그 사람이 무엇을 잘하고 있는지, 못하고 있는지 알아내라.
가능한 한 정확히 파악해야 하며, 문제의 원인이 무엇인지 알아내려고 노력해야 한다.

조급한 판단은 삼가하라. 한두 번의 관찰만으로는 딩사자의 문제를 완벽하게 알아낼 수 없다. 특히 자신의 판단에 일말의 의심이라도 있다면 계속 관찰해야 한다.

자신의 판단을 테스트 하라. 적절한 시점이 오면 그 상황을 믿을 만한 동료들과 의논하도록 한다. 그들이 관찰한 내용을 당신의 관찰 내용에 추가하면 좋을 것이다.

비현실적인 기대를 삼가하라. 당신의 기준을 남에게 적용해서는 안 된다. 아마도 당신은 영업 담당자 시절부터 스스로 기대를 높게 잡아 왔고, 실제로도 뛰어난 기록을 달성함으로써 승승 장구했을 것이다. 다른 사람도 당신과 똑같이 의욕이 높고 능력이 좋다고 생각하는 것은 비현실적이고 불공평할 수 있다.

주의 깊게 들어라. 어떤 영업 관리자의 도움을 요청하는데 당신은 그 얘기를 듣지 못할 수도 있다. 사람들에게 어떤 종류의 도움이 필요한지, 그들이 어떤식으로 도움을 청할지 파악하고 있기란 쉽지 않다. 기회를 보며, 시간을 들여 영업 담당자들의 이야기를 적극적으로 들어라.

관찰 내용을 당사자와 솔직히 논의하라

일단 코칭을 통해 어떤 부분을 도울 수 있을지 알아냈다면 이제 그 직원과의 대화를 시작해야 한다. 영업 관리자가 관찰한 내용에만 충실해야 한다. 영업 담당자의 행동과 그로 인한 영향을 설명할 때에는 진실하고 솔직하면서도 상대에게 도움이 되도록 말하라. 말할 때 행위의 원인을 빼고 말하라. 그렇게 하지 않으면 그 직원은 자신이 인신공격당하고 있다고 느낄 수 있다.

적극적으로 경청하고
질문을 활용하라

적극적인 경청은 의사소통을 촉진시키고 상대방을 편안하게 만들어 준다. 적극적으로 상대의 이야기를 들어주는 영업 관리자는 다음과 같이 영업 담당자에게 주목한다.

- 눈 맞춤을 지속한다.
- 적절한 순간에 미소 짓는다.
- 다른 일에 정신 빼앗기지 않는다.
- 필요할 때만 메모한다.
- 보디랭귀지에 신경 쓴다.
- 먼저 들어주고 나중에 평가한다.
- 상대의 말을 중간에 끊지 않는다.

- 상대방이 한 말을 반복하여 자신이 경청하고 있다는 점을 계속 강조한다.

적절한 질문을 던져라

적절한 질문은 상대방을 제대로 이해하고 그의 관점을 이해하는 데 도움이 된다. 질문에는 열린 질문과 닫힌 질문이 있는데 각각의 질문에는 각기 다른 형태의 대답이 따른다.

열린 질문은 참여해서 의견을 교환하게 한다. 다음과 같은 상황에서 사용하라.

- **대안을 알아내려 할 때** : 어떤 다른 방법이 있겠습니까?
- **마음가짐이나 요구사항을 밝힐 때** : 지금까지 우리가 함께 진행 본 것에 대해 어떻게 생각하십니까?
- **우선순위를 정하고 상세한 대답을 원할 때** : 이 건과 관련해서 가장 중요한 문제는 무엇이라고 생각하십니까?

한편 닫힌 질문은 예스(Yes)나 노우(No)의 대답을 이끌어 낸다. 특히 다음과 같은 상황에서 사용하라.

- **반응에 초점을 둘 때** : 고객님과의 관계가 예정대로 잘 진행되고 있나요?
- **상대가 말한 내용을 확인할 때** : 자 그럼 당신이 어려워하는 문제는 일정을 짜는 것인가요?

상대의 의욕과 느낌에 대해 더 많은 것을 알아내고 싶다면 열린 질문을 이용하라. 일련의 질문을 통해 당신은 해당 문제에 대한 상대편의 의견과 속마음을 알아낼 수 있을 것이다. 또한 당신이 더 나은 조언을 생각해 내는 데 도움을 받을 수도 있다.

코칭의 시작

이제 영업 담당자가 처한 상황을 이해하고 나면 코칭을 시작할 수 있다. 유능한 코치들은 상대방이 자신의 이야기를 듣고, 자신에게 반응을 보이고, 자신의 가치를 헤아릴 수 있도록 자신의 아이디어를 제시한다. 자신의 의견을 명확하고 균형 잡힌 방식으로 주장하는 것이 중요하다.

- 영업 담당자의 상황을 중립적인 입장에서 아무런 가치판단 없이 설명하라.

- 자신의 의견을 말하라.

- 자신의 의견 뒤에 있는 의도를 명확히 밝혀라.

- 도움이 된다면 자신의 경험을 말해 주어라.

- 영업 담당자가 자신의 생각을 개진하도록 만들어라.

커뮤니케이션하면서 질문과 말하기, 듣기, 모두 사용한다면 영업 관리자로서 당신의 노력이 가장 효과를 거둘 수 있다. 그러나 지나치게 질문에만 의존한다면 담당자가 중요한 정보와 의견을 밝히지 않는 결과가 나올 수도 있다. 반대로 영업 관리자의 주장을 지나치게 강조하면 협력관계를 해칠 수 있는 권위적인 분위기를 만들 수도 있다.

개선시킬 선택 사항들

개선시킬 수 있는 방법은 두 가지가 있다. 더 열심히 일하거나 현재 하고 있는 방식을 다르게 하는 것이다. 코칭은 업무를 다르게 함으로써 변화하는 것에 관한 것이다. 일반적으로 영업 담당자들은 현재 하고 있는 것과 다른 새로운 것을 하는 방법을 이해하는 데에 어려움이 있다. 코칭의 힘은 그러한 약점들을 발견하여 그것들을 발전 가능성이 있는 것으로 변화시키는 데에 있다.

뛰어난 영업 관리자들은 더 나은 내일을 만들기 위해 무엇을 바꾸어야 하는지를 결정하기 위해 현재 하고 있는 것들을 살펴봄으로써 영업 담당자들을 지도한다. 영업 담당자들은 자신들이 어떻게 해야 하는지 알고 있는 것만큼 열심히 일할 수 있다. 그것은 그들이 얼마나 많이 일을 하느냐가 아니라 그들이 어떤 방법으로 일하느냐에 관한 것이다.

뛰어난 영업 관리자들은 개선이 필요한 영업 담당자들에게 다르게 일할 수 있도록 지도한다. 이것은 그들이 현재 하고 있는 것을 다음에는 다르게 처리하면 더 나아질 수 있다는 것을 의미한다. 이것이 코칭의 '핵심 원칙'이다.

영업 관리자들에게 어려운 것 중 하나가 영업 담당자들이 스스로 개선점을 인식하게 하는 것이다. 코칭은 영업 관리자가 오랫동안 자신의 잠재 능력을 최대한으로 발휘하지 못하는 영업 담당자를 대상으로 자신의 강점이나 개선점을 스스로 인식하게 하기 위한 효과적인 접근법이다.

그런데 문제점에 대해 누군가와 이야기할 때, 우리는 당사자의 기분을 상하게 할 수도 있다. 그러나 부정적인 대립 없이 긍정적이며 감정을 상하게 하지 않고 성과나 문제들을 지적할 수 있는 방법들이 있다. 그것이 바로 코칭적 접근법이다.

코칭의 두 가지 중요한 사항들

첫 번째, 코칭은 계속 진행되는 과정이다. 코칭은 단 한 번으로 끝나지 않으며 지속적으로 일어나는 일상의 과정이다. 코치들은 종종 기본적인 것들에 집중하며 동일한 기술을 계속 반복하여 코칭하기도 한다. 프로 축구 선수들을 위한 평상시 훈련이나 시즌이 시작되기 전의 훈련을 보자.

그들은 일생 대부분 동안 스포츠를 해 온 프로들이며 이러한 훈련 캠프에서의 주안점은 기본적인 것들에 있다. 개선을 가져오는 것은 바로 이러한 지속적인 강화다. 강화는 영업 담당자가 특정 기술들을 영업 관리자의 관찰과 피드백을 통해 완성해 가는 것을 의미한다. 강화는 단 한 시간 또는 단 한 번의 코칭으로 가능한 것이 아니며 지속적인 코칭과 실행을 통해 가능하다.

두 번째, 코칭에 관하여 가장 어려운 것은 우리 자신들이 두 번째가 되는 것을 배우는 것이다. 코치들은 게임을 하지 않는다. 그들은 지켜본다. 코치들은 선수들이 경기를 하도록 지원한다. 영업 관리자인 코치의 영업력이 뛰어나다 하더라도 자신을 영업 담당자 다음으로 두어야 한다.

스포츠 경기를 보면 코치들은 경기장 밖에 있지만 사이드라인에서 진행되고 있는 모든 것들을 지켜보고 있다. 사이드라인에서 경기를 지켜보고 선수들에게 정보를 피드백 해 주는 코치들이 여러 명 있다. 피드백은 코칭하는 영업 관리자들이 활용할 수 있는 가장 중요한 기술들 중 하나이다.

피드백을 활용하라

당신은 한 번쯤 전투기나 여객기의 조종간을 본 경험이 있을 것이다. 이때 조종사들은 각종 계기판들이 제공하는 피드백을 통해 원래 기대했던 경로와 속도를 유지하며 최종 목적지에 도달할 수 있다. 피드백의 이러한 동일한 원칙은 영업 담당자들에게도 적용된다.

영업 담당자들은 목표에 도달하기 위해서, 영업 관리자로부터 활동에 관하여 지속적인 피드백을 필요로 한다. 피드백은 영업 담당자가 목표를 달성하기 위해 올바른 경로에 있게 해 주며 현재 있는 위치를 알려 준다.

피드백 주고받기는 함께 해야 할 문제를 확인하고 실행 계획을 세우고, 결과를 평가하는 코칭 과정 내내 계속된다. 피드백 시 도움이 될 만한 몇 가지 팁을 소개하면 다음과 같다.

- 영업 담당자의 성격과 인격이 아니라 행동에 초점을 맞춰라. 상대가 인신공격을 받고 있다는 느낌을 받지 않도록 하라.
- 상대방의 행동이나 업무가 동료들에게 미치는 영향을 설명하라. 하지만 상대를 당황하게 할 만큼 단정적인 말은 피하라. 예를 들면 "당신은 무례하고 거만하다"라고 말하는 대신 "지난 세 차례의 고객 미팅에서 고객의 말을 여러 차례 끊었다"라고 말하는 것이다. 위의 표현에서 '그 사람이 아니라 그의 행동이 어떻게 되었는지'를 주목하라.
- 일반적인 표현을 피하라. "정말로 잘 했군요"라는 말보다는 좀 더 구체적으로 말하는 것이 좋다. 예를 들면 "지난번 고객사를 상대로 프레젠테이션 시 사용한 슬라이드가 메시지를 전달하는데 효과가 있었네"라고 하는 게 좋다.
- 진심을 보여라. 그 사람의 발전을 도와준다는 분명한 의도를 갖고 피드백을 제공하라.
- 현실적으로 생각하라. 그 사람이 제어할 수 있는 요인들에 집중하라.
- 코칭 과정 초기에 의견을 자주 제공하라. 어떤 상황 직후

에 즉시 제공되는 의견은 '가끔씩 제공하는 피드백'보다 훨씬 효과적이다.

- 부정적인 의견이나 긍정적인 의견 모두 적극적으로 수용하라.
- 감정이 담긴 말이 나오지 않게 하라. 예를 들면 "자네 말로는 내가 융통성이 없다는데, 그런 생각이 들도록 만든 사례를 하나만 말해보게"와 같은 식으로 말하지 말라.

피드백 지침(가이드라인)들

효과적인 피드백을 위해 다음과 같은 가이드라인을 알고 있을 필요가 있다.

첫째, 피드백은 양방향으로 제공되어야 한다. 상대뿐만 아니라 영업 관리자 역시 관리자이자 코치로서 얼마나 유능한지에 대해 피드백을 요구하고 처리할 수 있어야 한다는 얘기다. 스스로에 대한 피드백을 요구하고 처리할 수 있는 코치들은 자신의 관리 스타일이 어느 정도 효과적인지 알게 되어 상호 간에 신뢰를 만들어낸다.

자신에 대한 피드백을 수용하는 능력을 향상시키려

면 구체적인 정보를 요청해야 한다. 예를 들면 "나의 어떤 얘기 때문에 내가 제안서에 관심이 없다고 생각하게 되었나?" 또는 "나의 조언들이 얼마나 당신에게 도움이 되었나?"와 같은 방식이다.

명확한 표현을 요청할 때에는 "내가 자네의 아이디어를 반대하는 것 같다는 얘기가 무슨 뜻인가?"라고 묻기보다는 예를 하나 들어 보겠나?" 와 같은 식으로 말하는 것이 좋다. 그리고 부정적이든 긍정적이든, 피드백을 제공한 사람에게 반드시 고맙다고 말해야 한다. 그렇게 해야 서로의 신뢰가 늘고, 코칭을 받는 사람에게 롤 모델이 될 수 있다.

둘째, 피드백은 균형을 유지해야 할 필요가 있다. 이것은 영업 담당자가 잘하고 있는 것(긍정적 피드백)과 다르게 해야 할 필요가 있는 것(발전적 피드백)들에 관하여 피드백을 준다는 것을 의미한다. 즉, 긍정적 피드백과 발전적 피드백의 균형을 의미한다.

영업 담당자가 무엇을 잘하고 있는지를 논의하는 것은 영업 관리자가 지속되기를 원하는 행위들과 활동들을 격려하고 강화하는 효과적인 방식이다. 다르게 처리해야 할 필요가 있는 것을 논의하는 것은 변화를 격려하고 강화하는 효과적인 방식이다. 잘 되는 것들에 관해서만 이야기한다면, 다르게 해야 할 필요가 있는 것들을 하도록 하기 어려울 것이다. 반면에 다르게 해야 할 필요가 있는 것들에 관해서만 이야기한다면, 어떤 것도 잘하고 있지 않다는 인상을 갖게 될 것이다. 효과적이기 위해서는 두 측면을 모두 말할 필요가 있다. 피드백은 균형을 유지해야 한다.

셋째, 피드백은 즉시 하는 것이 좋다. 관찰 결과 영업 담당자가 지속해 주기를 원하거나 개선하기를 원하는 것이 있다면 즉시 피드백을 주는 것이 좋다. 하루 이틀, 기다리지 마라.

넷째, 피드백은 일반적이 아니라 특정적이어야 한다. 피드백은 영업 담당자가 말한 것이나 활동했던 것들에 집중한다. "잘 했어"라고 영업 담당자에게 말하는 것은 일반적으로 말하는 것이며, 이 책에서 정의하는 피드백이 아니다. 그것은 단순한 칭찬일 뿐이다. 특정 행위들을 격려하거나 중지하도록 하기 위해서 피드백을 사용하고자 한다면, 그 행위들이 무엇인지에 관하여 명확해야 한다.

영업 담당자에게 "나는 당신이 절세의 이점을 보여주기 위하여 사용했던 그래픽이 정말 효과적이었다고 생각했네. 그것은 고객이 내야 하는 세금에 대하여 얼마나 더 많은 금액을 절감할 수 있는지를 명확하게 보여주었네"라고 말하는 것이 특정적 피드백이다. 이처럼 피드백은 일반적이 아니라 특정적이고 명확해야 한다.

지시적인 코칭

모든 삶에는 지시적인 코칭이 존재한다. 어머니가 "음식을 씹을 때, 쩝쩝거리지 말고 입을 다물어라"라고 말할 때, 우리는 이미 지시적인 코칭을 받고 있었다. 이때 코치의 태도는 '나의 지식과 경험 때문에, 내가 당신을 안내할 수 있습니다'이다.

경험이 거의 없거나 아예 없는 새로운 영업 담당자들은 지시적인 코칭에 잘 반응한다. 앞에서 이야기한 비평가형 영업 관리자 A는 지시적인 영업 관리자이며 판매 경험이 없는 영업 담당자들에게는 얼마 동안은 효과가 좋았다. 그러나 영업 관리자로부터 지시적인 코칭만 받는다면 동기유발이 될지 의문이 든다. A의 관리

방법이 나타낸 결과를 기억해 보자, 사기 저하, 이직 등
이었다.

지시적인 코칭이 유용할 때도 있다. 지시적인 코칭
은 상황이 급할수록 유용하다. 예를 들면 당신의 아이가
도로로 뛰어들려고 하고 당신이 차가 오고 있는 것을 보
았다면, 당신은 "멈춰!"라고 지시적인 코칭을 사용할 것
이다.

비지시적인 코칭

비지시적인 코칭은 지시적인 코칭에 비해서 근본적
으로 다른 지원 방식이다. 비지시적인 코칭에서 코치의
태도는 "당신 스스로 문제의 해답을 찾는 것을 도와줄
것이다"이다.

비지시적인 코치들은 다른 사람들이 자신의 문제를
스스로 해결할 수 있도록 질문을 주로 사용한다. 약 기
원전 400년경 그리스 아테네에 살았던 철학자 소크라테
스는 비지시적인 코칭의 대가였다. 그는 질문을 통해 자
신을 따르는 사람들이 스스로 생각하여 결론에 도달할
수 있도록 했다. 사람들은 스스로 결론에 도달했을 때,
가르침을 통해 깨달았을 때보다 훨씬 더 실행력이 높다.

비지시적인 것과 지시적인 것

우리들 대부분은 훌륭한 비지시적인 코치와 함께 일했던 경험이 없다. 우리가 함께했던 사람들은 대부분 지시적인 코치였거나 코치가 아니었다. 비평가형 영업 관리자 A는 명령하고 소리치고 "일을 서두르는 게 좋을 거야"라는 식의 영업 관리자였다. 그는 분명히 지시적인 코치였고 새로운 영업 담당자에게 일시적으로 효과가 있었다.

그럼 이제 비지시적인 코칭은 지시적인 코칭과 어떤 차이가 있는지 살펴보자.

첫째, 비지시적 코칭은 더 오래 걸린다. 해답을 이끌어내기 위해 질문을 하는 것보다 누군가에게 어떤 것을 말하는 것이 훨씬 더 빠르다. 그러나 말하는 것은 상황에 따라 사람들을 개발시키는 데에 있어 비효율적이다.

둘째, 더 강력하다. 정보를 가지고 있는 지시적인 코치들은 힘을 가지고 있다. 그러나 스스로 자신의 결론에 도달할 수 있을 때, 내가 그 힘을 가지고 있는 것이다. 코칭 받는 사람 스스로 누구의 도움 없이 성장할 수 있다면 그것이 강력한 것이다.

셋째, 효과 면에서 더 오래 지속된다. 낚시하는 법을 배울 때, 남은 일생 동안 스스로 낚시를 할 수 있다.

그런데 비지시적인 코치들은 말하는 것보다 질문을 더 많이 하며 심지어 질문들에 대한 해답을 가지고 있지 않는 경우도 있다. 영업 관리자 또한 모든 해답을 가지고 있지 않다는 것을 인정해야 한다.

영업 담당자의 성장에 집중하라

비지시적인 코치는 영업 담당자의 성장에 대한 시각으로 현재의 문제들을 처리한다. 영업 담당자가 생각하여 스스로 해결 방안을 찾도록 질문을 하는 것은 성장에 초점을 맞추고 현재 문제들을 처리하는 것이다. 예를 들어 가망고객과 상담 시 반대 의견의 대응에 어려움을 겪는 영업 담당자에게 영업 관리자의 대응 사례를 살펴보자.

영업 관리자 : 우리가 오늘 계속해서 가격에 대하여

반대 의사를 들었는데 그것에 관하여 이야기해 봅시다. 괜찮죠?

영업 담당자 : 그러시죠. 모든 사람이 정말 가격에 대하여 예민합니다.

영업 관리자 : 우리가 오늘 계속해서 예비 고객들에게 들은 말이 "가격이 너무 높다"라는 말이죠. 그렇죠?

영업 담당자 : 네 그렇습니다.

영업 관리자 : 저는 이러한 반대 의사들을 처리하기 위하여 우리가 함께 무엇인가를 시도해 보았으면 좋겠어요. 먼저 누군가가 "가격이 너무 높아요."라고 말할 때 그 말에 공감했으면 합니다. "가격이 너무 높아요"라는 말에 공감하기 위하여 뭐라고 말할 수 있겠습니까?

영업 담당자 : (몇 초 동안 생각 후에 말한다.) 글쎄요, 저는 "고객님이 가격에 관심이 많으시군요"라고 말할 수 있을 것 같은데요?

영업 관리자 : 그래요. "고객님이 가격에 관심이 많으시군요"라고 말하는 것은 공감의 표현입니다. 그런데 그것은 당신이 그 예비 고객의 말에 동의한다는 것이 아니라 가격이 이 사람에게는 관심사라는 것을 이해한다는 것을 의미할 뿐입니다. 사람들이 어

떤 것의 가격이 너무 높다고 말할 때, 그것은 몇 가지를 의미할 수도 있습니다. 그것은 내가 지불하고자 하는 것보다 더 높다는 것을 의미할 수 있습니다. 예상했던 것보다 더 높다는 것을 의미할 수 있습니다. 어떤 경쟁사의 가격보다 더 높다는 것을 의미할 수 있습니다. 이런 이유들 중에서 어떤 이유인지 우리가 어떻게 알아낼 수 있겠습니까?

영업 담당자 : 제 생각에는 이렇게 물어볼 수 있을 것 같습니다. "고객님께서 알고 있는 가격(시세)보다 더 높다는 말씀이신가요?"

영업 관리자 : 그것도 한 방법일 수 있습니다. 그 예비 고객이 의미하는 것을 당신에게 말해 주도록 어떻게 질문할 수 있겠습니까?

영업 담당자 : (몇 초 동안 생각한 후, 말하기를) 가격이 높다는 것이 무엇을 의미하는지를 그에게 물어볼 수 있을 것입니다

영업 관리자: 제가 그 예비 고객이라고 가정하고 저에게 질문해 보세요.

영업 담당자 : 당신이 "가격이 너무 높군요"라고 말씀하셨을 때, '너무 높다'라는 것이 무슨 뜻인가요?

영업 관리자 : 훌륭하십니다. 그렇게 질문하는 것은

어떤 도움이 되겠습니까? (그리고 코칭은 계속 이어진다.)

질문을 어떻게 구성하느냐가 중요하다

위의 예처럼 판매에서 질문들을 어떻게 구성하느냐가 중요하다. 코칭에서는 개방형 질문과 폐쇄형 질문 모두 사용할 수 있다.

개방형 질문들이란 대화에 공개적으로 참여하기 위하여 사람들에게 생각하게 하고, 그들의 생각을 공유하도록 하는 그런 질문들을 의미한다. 개방형 질문들은 영업 담당자들을 관여시키고 특히 문제 해결에 유용하다. 이것이 코칭의 개념이다.

개방형 질문들은 보통 '무엇' 또는 '어떻게'로 시작한다. '왜?'라는 것이 도전적일지라도 '왜?'가 개방형 질문을 효과적으로 시작할 수 있다. 효과적인 개방형 질문들을 만들기 위해서는 생각을 해야 하고 연습을 해야 한다. 앞의 비지시적인 코칭의 예에서 사용된 개방형 질문들을 주목하기 바란다.

폐쇄형 질문들은 보통 아주 짧은 답변들을 얻는다. 그것들은 종종 '이다', '있다', '해야 한다'와 '할 수 있다'와 같은 동사로 시작한다. "해 주시겠어요?" 그리고 '어디, 언제, 그리고 누가'도 또한 보통 폐쇄형 질문들에서 사용하는 단어들이다. 최악의 폐쇄형 질문들 중의 하나는 "당신이 이것 또는 저것을 해야 한다고 생각하지 않습니까?"이다. 이것은 질문이 아니라 강요다.

효과적인 코칭 방법

중요한 것은 코칭은 '성과에 대한 검토가 아니다'라는 것이다. 성공적인 코칭을 위해서 다음과 같은 아이디어들이 있다.

첫째, 효과적인 코칭을 준비하기 위해 코칭에 앞서 영업 관리자들은 다음과 같은 사항을 준비하도록 한다.

- **영업 담당자를 관찰하라.** 가장 효과적인 코칭은 코치가 실제로 영업 담당자가 하고 있는 것을 보고 들을 때 일어난다. 관찰에 관하여 전문적인 코치들에 관하여 논의했던 것을 기억하라.
- **관찰하는 동안에 또는 관찰 후에 메모를 하라.** 보강이나

개선이 필요했던 핵심 기술이나 활동을 기록하라.

- 논의할 영역을 결정하라. 지속되기를 원하고 변하기를 원하는 것이 무엇인가?

둘째, 코칭에 대한 당신의 기대를 코칭 하고자 하는 영역과 함께 영업 담당자에게 알려주도록 한다.

- **어떤 영역을 논의하고 싶은지를 설명하라.** 예를 들면 "당신이 잠재 고객의 니즈를 판단하기 위해 사용했던 질문들에 관하여 이야기 좀 하고 싶습니다." 그리고 영업 관리자인 당신이 왜 이 영역에 관하여 이야기하고 싶어 하는지 그리고 그 영업 담당자가 어떻게 혜택을 받을지를 설명한다.

- **영업 담당자가 이 대화에서 무슨 혜택을 받을지를 설명하라.** 예를 들면 "질문은 우리의 해결 방안에 필요한 정보를 얻는 열쇠입니다. 당신의 질문은 계약에 영향을 줄 수 있습니다." 그리고 나서 그 영업 담당자가 이 코칭 대화를 할 준비가 되어 있으며 기꺼이 할 의지가 있는지를 확실히 하기 위하여 계속 이어간다.

- **영업 담당자의 반응을 요청하라.** "그 생각이 어떤 것 같습니까?"와 같은 질문을 해 보라.

셋째, 자료(사례)를 확보하고 제공하도록 한다. 이 세 번째 단계에서 '확보'가 '제공'보다 앞에 있는 것을 주목하라. 이것은 비지시적인 코칭에서 정말 중요하다. 이것은 그 영업 담당자가 자각하도록 하는 것이다. 어떤 중요한 것을 자각하는 사람들은 타인으로부터 들었을 때보다 그것을 더 수용하려고 한다.

- **잘 수행된 영역에 관한 자료를 확보하라.** 훌륭한 코치들은 영업 담당자가 잘 수행한 것들에 집중하게 하는 것으로 코칭을 시작한다. 예를 들면 다음과 같은 질문을 한다. "우리가 예비 고객과 함께 있는 동안에 당신이 질문했던 것들 중에서 특히 어떤 질문들이 좋았다고 생각하십니까?" 영업 담당자가 잘하고 있는 것들을 인식하도록 하는 것은 영업 담당자를 격려해 주는 데에 도움이 된다. 잘 된 것에 집중하는 것은 또한 그 영업 담당자를 동기부여 시키며 잘 한 일들에 관하여 영업 담당자에게 자료를 요청하는 것은 코칭을 긍정적인 분위기로 이끌어 준다.
- **잘 수행되었던 영역에 관하여 자료를 제공하라.** 바로 그때가 칭찬을 통하여 영업 관리자가 보상하고 인정해 줄 기회다. 영업 관리자가 논의하고 있는 영역에 관하여 칭찬할 수 있는 것을 찾아라. 이것 또한 관계를 구축하고 코칭

을 긍정적으로 유지하기 위해 중요하다. 대부분의 영업 관리자들은 곧장 본론으로 들어가서 영업 담당자가 무엇을 잘못했는지를 말한다. '옳은 것' 그리고 '틀린 것'과 같은 부정적인 표현은 코칭에서 사용하는 단어들이 아니다. '잘 처리된 것'과 '다음에는 어떻게 다르게 할 것인가'가 효과적인 코칭의 핵심 언어들이다.

- **다음번에 다르게 처리되어야 할 필요가 있는 영역들에 관하여 자료를 제공하라.** 영업 담당자가 다르게 처리되어야 할 필요가 있는 영역들에 관하여 다음과 같이 질문할 필요가 있다.

  "다음번에는 어떻게 다르게 할 수 있겠습니까?"

  "다음번에 그것을 다르게 한다면, 그것이 당신에게 어떤 의미가 있을까요?"

- **영업 담당자에게 무엇이 잘 되었고 무엇이 다음번에 다르게 처리되어야 하는지를 요약하도록 요청하라.** 여기에 중요한 점이 있다. 영업 담당자가 요약하는 것이지 영업 관리자가 하는 것이 아니다. 이것은 영업 담당자가 자신이 말한 것을 제대로 인식하게 함으로써 책임을 명확히 하는 데 도움을 준다.

- **공동으로 실행 계획서를 작성하고 그 계획에 영업 담당자가 전념할 수 있게 하라.** 코칭은 영업 담당자가 개발한 실

행 계획서로 끝이 나지만 필요하다면 영업 관리자의 도움을 받는다. 실행 계획서가 없다면, 기껏해야 영업 관리자와 영업 담당자의 단순한 대화로 끝날 수도 있다. 코칭은 관심사에 대해 단순히 대화를 하는 것이 아니다. 목적이 있는 대화이다.

넷째, 사후 관리를 철저히 하도록 한다. 코칭은 잘되고 있는 것의 강화이며, 개선이 필요한 것에 대해 다르게 처리하도록 격려하는 것이다. 격려한 것이 잘 이루어지고 있는지 다르게 처리해야 할 것이 실제로 그렇게 되고 있는지를 알 수 있는 유일한 방법이 사후 관리다.

- **다시 관찰하라.** 영업 담당자를 만나서 영업 관리자가 기대하고 있는 것을 점검하라. 지금 일어나고 있는 것이 당신이 코칭한 것인가? 영업 관리자가 언급했던 영업 담당자들이 잘하고 있는 것들이 지속되고 있는가? 다르게 처리해야 할 필요가 있는 것들을 영업 담당자가 실행하고 있는가? 관찰은 이러한 질문들에 대한 답변을 제공한다.
- **개선 사항들을 평가하라.** 변화는 점진적인 과정이다. 그래서 변화의 진행 과정 속에 어디에 영업 담당자가 있는가 보라.

- **다시 코칭하라.** 코칭은 하나의 이벤트가 아니다. 코칭은 진행 중인 과정이다. 영업 관리자가 원하는 만큼 변화가 빨리 일어나지 않는다고 낙담하지 마라. 변화는 시간이 걸린다. 코칭 과정에서 집중이 필요한 영역이 일부 있다면 전 과정을 다시 한번 시작하라.

지금까지 우리가 방금 다루었던 효과적인 코칭 방법에 대해 다시 간략하게 요약하면 다음과 같다.

- 첫째, 영업 관리자는 고객들과 상호 작용하는 영업 담당자를 관찰한다.
- 둘째, 영업 관리자는 영업 담당자를 관찰한 것에 관하여 토론한다.
- 셋째, 영업 관리자와 영업 담당자는 실행 계획서를 작성한다.
- 넷째, 영업 관리자는 실행 계획에 대해 사후 관리를 한다. 영업 관리자로서 당신이 기대하고 있는 것을 점검한다.

코칭 대상자와
우선순위를 정하라

　　영업 관리자들은 어떤 영업 담당자와 함께 시간을 보내며 코칭해야 하는지를 어떻게 결정할까? 보통 첫째는 영업 담당자의 목표 대비 결과평가이고, 둘째는 잠재고객들과 함께 있을 때의 모습을 보고 결정한다.

　　신입 영업 담당자들은 보통 경력이 있는 영업 담당자들보다 더 많은 시간을 필요로 한다. 이러한 초기의 시간 할애는 영업 담당자들의 생산성 향상으로 이어지게 된다. 그리고 모든 영업 담당자들은 경력이 오래되었든 신입이든, 최고의 성과를 내든, 아니면 최저의 성과를 내든 영업 관리자와의 시간을 꼭 가져야 한다.

관찰할 수 없을 때의 코칭

영업 담당자가 실제로 상담하는 장면을 관찰한 후 코칭이 가장 잘 이루어진다. 그러나 이것이 항상 가능하지 않다. 그래서 유능한 영업 관리자들은 또 다른 방법을 사용한다. 영업 관리자는 영업 담당자가 했던 특정 활동에 관하여 질문을 한다.

다음의 질문들은 영업 담당자가 활동 시 사용했던 기술들의 사례들을 확보하는 데에 집중되어 있다.

영업 관리자 : 어제 당신이 방문했던 고객에 관해서 이야기 좀 하고 싶습니다. 그 고객 방문은 이번 주 당신의 활동 목록에 있는 것들 중의 하나였어요. 그리고 어떻게 되었는지 궁금합니다. 특히 고객 방문 시에 사용했던 질문들에 관심이 있어요. 어떤가요?

영업 담당자 : 좋습니다. 제품 5개를 주문할 것 같습니다.

영업 관리자 : 만약 그렇게 된다면 이번 목표 달성에 큰 도움이 되겠네요. 관계 구축에서 고객 니즈 파악 단계로 이동하기 위하여 했던 질문들을 공유해 보면 어떨까요?

영업 담당자 : 글쎄요. 고객이 가장 좋아하는 골프에

관하여 몇 분 동안 이야기한 후에 몇 가지 질문을 해도 되는지를 물어보았습니다.

영업 관리자 : 그 질문을 어떻게 했습니까?

영업 담당자 : 음, "저희 상품에 관하여 말씀드리기 전에 몇 가지 여쭈어봐도 될까요?"라고 말했습니다.

영업 관리자 : 좋은 질문이에요. 그것은 그 예비 고객에게 당신이 무엇을 팔려고 하는 것보다 그가 원하는 것에 더 관심이 있다는 것을 보여줍니다. 그 사람은 어떻게 반응했나요?

영업 담당자 : 좋아하는 것 같았습니다.

영업 관리자 : 그다음에 한 질문들은 무엇인가요?

영업 담당자 : 저는 요즘 그 제품들을 어떻게 사용하는지, 그것들을 위해 무엇을 지불하고 있는지 그리고 얼마나 자주 주문하는지 등을 물었습니다.

영업 관리자 : 그런 질문들을 어떻게 말로 표현했는지를 말씀해 보세요.

이런 식으로 계속해서 코칭을 이어가면 된다.

Q. 영업 관리자의 코칭이란 무엇인가?

_____

_____

_____

_____

_____

_____

_____

_____

_____

_____

_____

_____

_____

_____

_____

_____

_____

_____

_____

_____

Q. 영업 관리자인 당신은 영업 담당자들과 대화 시 듣기와 말하기를 어떤 비율로 하는가?

_____
_____
_____
_____
_____
_____
_____

Q. 대화 시 질문은 어떤 작용을 하는가?

_____
_____
_____
_____
_____
_____
_____
_____
_____

Q. 효과적인 코칭을 하는데 장애요소는 무엇인가?

habit 5

영업 담당자가
끝까지
책임지게 한다

책임은 '5가지 습관' 중 중요한 연결 고리

뛰어난 영업 관리자들은 무엇을 기대하는지를 지속적으로 전달하고 영업 담당자들에게 전달한 것에 대한 책임을 지게 한다. 명확한 기대와 기대에 대한 개별적 책임들이 성공하는 영업 팀들의 기초가 된다.

코칭을 통해 개별적인 책임 분명히 하기

뛰어난 영업 관리자들은 다음과 같이 명확한 기대를 전달하고 관찰하고 평가하며 코칭을 통해 개별적 책임을 분명히 한다.

• 기대를 정의하고 명확하게 전달한다. 모든 영업 담당자

들이 기대에 관하여 명확하게 인식하고 그것들에 전념하게 한다.

- 관찰은 영업 관리자가 기대하고 있는 것을 점검할 수 있게 해 준다.
- 개인, 팀, 조직의 목표들에 대해 정기적으로 평가한다. 모든 영업 담당자들은 자신의 목표가 무엇인지, 왜 그것들이 필요한지 그리고 그것들을 어떻게 달성할 것인가를 알고 있어야 한다. 그래야 목표에 전념할 수 있다.
- 개인과 팀에 대한 코칭은 성장과 개발 목표를 달성하기 위하여 정기적으로 이루어져야 한다.

뛰어난 영업 관리자들이 이 책에 기술되어 있는 영업 관리에 관한 습관 5가지 중 하나라도 놓친다면, 연결고리는 부러지고 목표는 요원해질 수 있다. 책임은 '5가지 영업 관리 습관 연결고리'의 마지막 조각이다.

뛰어난 영업 관리자들이 책임을 완수하는 방법은 다음과 같다.

- 영업 관리자는 주간 영업 회의, 월간 영업 회의를 통하여 영업 담당자들로부터 나온 좋은 결과들 뿐만 아니라 중요한 기회들, 도전적인 사항들, 그리고 장애물들을 지속

적으로 공유해 준다.

- 주간 회의, 월간 영업 회의는 영업 담당자들이 목표 달성에 대한 책임의식을 가질 수 있는 기회를 제공해 준다.

- 목표를 달성하지 못했을 때 영업 관리자는 어떠한 변명이나 정당화를 받아들이지 않는다. 영업 담당자들에게 목표에 대한 헌신을 상기시키고 끝까지 집중할 수 있는 기회로 이용한다. 뛰어난 영업 관리자들은 이러한 경우들을 영업 담당자들의 성장과 발전을 지원해 줄 기회로 이용한다.

비록 책임은 영업 관리자가 영업 담당자와 상호작용하는 동안에 수시로 발생하지만, 주간 회의와 월간 영업 회의가 영업 관리자와 영업 담당자의 책임을 명확하게 해 줄 수 있는 기회가 될 수 있다.

주간 영업 회의 하기

주간 회의는 두 개 부분으로 구성되어 있다. 첫 번째는 지난주 실적에 대해 논의하는 것이고, 두 번째는 금주 목표와 실행 계획들에 관한 논의다. 주간 회의는 영업 담당자의 수에 따라 다르지만 한 시간 이내가 적당하며, 영업 담당자 개인의 성공사례 공유와 금주 전략에 초점을 맞춘다. 주간 회의에서, 영업 관리자와 영업 담당자는 지난주의 활동과 결과들, 그리고 금주 일주일 동안의 새로운 목표와 실행 계획들에 전념한다. 주간 회의의 목적은 다음과 같다.

- 한 주간의 영업 결과를 논의하고 다가오는 주의 목표를 설정한다.

- 좋은 습관들은 발견하고, 코칭하고 강화한다.
- 개인의 성공을 축하한다.
- 코칭 기회들을 점검한다.

주간 회의는 목표와 전략에 집중하게 하고 영업 담당자들이 자신의 영업 능력을 최고로 활용할 수 있게 하며 결과에 대한 책임감을 가지도록 해준다. 월간 회의는 팀 전체의 책임에 집중한다. 월간 영업 회의는 팀원들에게 책임을 환기시킬 뿐만 아니라 다음 사항들을 할 수 있도록 기회를 제공한다.

- 팀워크를 만들고 개인의 성공을 축하하고 공유할 기회
- 목표 대비 성과를 검토할 기회
- 실습을 통해 기술을 개발할 기회
- 개인적으로 코칭의 필요를 발견할 기회

주간 회의는 영업 담당자들을 훈련시킨다

주간 회의는 영업 관리자와 영업 담당자가 문답식 (Q&A)으로 진행하는 것이 좋다. 질문을 통해 영업 담당자들은 자신의 활동과 성과를 모니터링할 수 있다. 이러

한 과정이 영업 담당자들의 성과를 평가하고 책임을 강화시키는 기회가 된다. 이러한 과정이 장기적으로 지속될 때 개선된 영업 성과로 이어진다.

주간 회의에서 영업 관리자의 역할

주간 회의 시 회의는 짧게 하고 영업 결과와 과정에 대한 질문에 집중하고, 영업 담당자들이 주제와 벗어나지 않게 한다. 영업 담당자가 목표 대비 결과에 대해 보고하는 동안에, 영업 관리자는 경청하고 무슨 일이 있었는지, 영업 담당자들이 목표를 달성하고 있는지 아닌지를 이해하기 위한 추가적인 질문을 한다.

영업 담당자들이 솔직하게 보고 하도록 격려하기 위해서는 영업 관리자가 보고 내용에 대하여 화를 내거나 부정적인 면을 보여 주어서는 안 된다. 결과가 좋지 않다면 중립적인 자세를 유지하고 결과들이 좋다면 훌륭한 성과에 대하여 긍정적으로 인정해 주는 것이 바람직하다.

- 목표 설정, 목표 달성, 그리고 핵심 활동에 집중한다(결과에 대한 책임지기 질문 참조).
- 성과를 인정하고 칭찬한다. 주간 회의는 인정과 칭찬을

통하여 영업 담당자들을 보상할 좋은 기회이다. 영업 관리자는 이 기간 동안에 피드백을 할 수 있다. 예를 들어 영업 담당자가 자신의 성공 사례 공유 시 가망고객의 니즈를 파악하기 위해 사용했던 질문을 설명한다.

예) "그 질문 아주 훌륭해, 그 질문은 개방적이고 예비 고객이 무엇을 생각하고 있는지에 관해 판단할 수 있는 좋은 방법이야. 잘 했어."

- 개별 코치가 필요하다는 것을 인식하게 하기 위하여 경청한다. 목표 미달이지만 목표 달성 의지나 성취욕이 있는 영업 담당자들은 코칭의 대상자들이 될 수 있다.
- 새로운 목표를 충족시키기 위해 계획된 활동들을 논의한다. 영업 담당자는 금주의 목표들을 달성하기 위하여 계획된 활동들에 관하여 이야기한다. 이것은 목표 달성을 위한 좋은 기회가 된다.

결과에 대한 책임지기

생산적인 주간 회의는 각 영업 담당자가 지난주 결과에 대한 책임을 지고 금주 목표를 달성하기 위한 목표와 활동들에 전념하는 회의이다.

다음의 질문들은 영업 관리자가 주간 회의에서 영업 담당자들에게 할 수 있는 것들이다.

- 지난주 목표에 대한 결과들은 어떻게 되었나?

- 장애물들은 무엇이었나?

- 장애물들을 극복하기 위해 어떤 계획을 가지고 있나?

- 목표에 못 미치는 영역들을 개선하기 위하여 어떤 계획을 가지고 있나?

- 금주 목표는 무엇인가?

- 목표들을 달성하기 위하여 어떤 활동들을 계획했나?

- 영업 관리자가 무엇을 도와주면 좋겠는가?

주간 회의에서 영업 담당자의 역할

주간 회의에서 영업 담당자의 역할은 다음과 같다.

- 전 주에 전념했던 목표 대비 결과 보고

- 결과들에 긍정적으로 또는 부정적으로 영향을 주는 요인들 논의

- 금주를 위한 새로운 목표와 활동들에 전념하는 것

주간 회의는 영업 관리자가 지속적으로 정보를 얻고 영업 담당자 중 누가 가장 효율적인 방법으로 판매에 집중하고 있는가를 알 수 있는 중요한 도구이다.

월간 영업 회의 하기

주간 영업 회의가 길어야 한 시간 정도인 반면에, 월간 영업 회의는 전체 영업 팀과 함께 하는 것이며 한 시간 이상 두 시간 이내에서 하는 것이다. 좋은 월간 영업 회의는 다음 4가지 부분으로 구성되어 있다.

첫째, 한 달 동안 그 그룹의 결과 검토

둘째, 그룹의 목표 대비 성과 검토

셋째, 결과, 기술 그리고 수행된 활동들에 대한 성공을 보상하고 인정

넷째, 기술 개발 연습

월간 영업 회의에서 영업 관리자의 역할

월간 영업 회의 동안에 영업 관리자의 역할은 다음과 같다.

한 달 동안의 결과를 검토한다. 한 달 동안 그리고 연초 대비 전체 팀의 결과에 대한 간략한 검토이다. 주간 회의는 전주와 금주의 개인적 목표와 결과에 대하여 집중하였다. 월간 영업 회의에서는 전체 팀이 지난달에 무엇을 달성하였고 그것이 연간 목표와 어떻게 관련되는지를 공유하는데 집중한다. 이러한 검토는 10분 또는 15분 이내로 한다.

목표 대비 성과를 검토한다. 각 달과 연초에 예상했던 대로 목표들이 항상 달성되지는 않기 때문에 현재까지의 성과를 목표와 비교하는 것이 필요하다. 예를 들어 한 팀이 1년에 24개의 제품 또는 한 달에 2개의 제품을 팔아야 한다고 가정해 보자. 3월 말이고 당신은 1분기 결과를 검토하고 있다. 그 팀은 이미 15개의 제품을 판매했다. 그것은 앞으로 더 팔아야 할 것이 9개가 남아 있다는 것이고, 그래서 당신은 (그 해 연초에 목표였던) 한 달에 2개를 팔려고 했던 목표를 나머지 기간 동안에는 한 달에 1개씩 판매하는 것으로 변경한다. 목표 대비 성과 검토는 영업 관리자가 원래 목표와 비교하여 영업 담당자들이 현재 위치를 볼 수 있게 해 주고 필요한 대로 조정을 할 수 있게 해 준다. 이 검토는 10분 또는 15분 정도 소요된다.

지속적인 판매 기술 훈련을 통해 동기를 부여하고 열정 넘치는 분위기를 제공한다. 이것이 월간 영업 회의의 핵심이다. 영업 담당자들은 지속적으로 판매에 필요한 기술을 연마할 필요가 있다. 반대 의사 극복하기, 질문하기, 관계 구축, 그리고 영업 관리자가 강화하거나 당월 목표를 달성하는 데 필요한 전략을 실행하는데 필요하다고 생각하는 특정 판매 기술들에 대하여 집중한다. 이 훈련은 휴식을 포함하여 60분에서 90분 이내로 한다.

1단계 : 영업 담당자들이 하기를 원하는 것과 그들에게 그것이 왜 중요한지를 설명한다.

2단계 : 그것을 어떻게 하는지를 보여준다.

3단계 : 영업 담당자들에게 시도해 부두록 한다.

4단계 : 영업 담당자들이 시도할 때 관찰한다.

5단계 : 목표 달성을 향한 어떠한 시도에 대해서도 칭찬한다. 그들이 그것을 제대로 하지 못하면, 2단계에서 5단계까지를 다시 반복한다.

영업 담당자들이 판매 기술을 효율적으로 이용하도록 한다. 월 단위로 판매 기술 훈련 시간에 집중함으로써, 영업 관리자는 영업 담당자가 가장 효과적인 판매 기술을 익히고, 사용할 수 있도록 한다. 판매 기술은 이러한 월간 회의를 통해 실전에 접목한 사례들을 공유하고 효과적인 것들을 반복적으로 연습함으로써 무기가 된다는 것을 영업 담당자들이 분명히 인식하게 한다.

영업 담당자들이 스스로 생각하고 해답을 구하고 참여하게 하는 질문들을 함으로써 회의를 용이하게 한다. 월간 기술 개발 회의는 영업 관리자가 설교하는 시간이 아니다. 이 회의는 영업 관리자가 양방향으로 진행하여야 한다. 그것은 회의 전체를 통하여 영업 담당자들을 적극적으로 참여시킨다는 것을 의미한다. 효과적인 월간 영업 회의를 위해서는 영업 담당자들을 참여시킬 좋은 질문들을 계획하는 것이 필요하다. 영업 담당자들은 자신들이 참여하는 회의를 좋아한다.

회의를 재미있게 만들도록 한다. 월간 영업 회의는 '참석해야 하는 회의'가 아니고 '참석하고 싶은 회의'이어야 한다. 즉, 재미가 있어야 한다는 뜻이다. 월간 영업 회의의 가장 우선적인 목표는 영업 담당자들이 긍정적이며, 생산적이고, 열정적으로 훈련한 기술과 지식을 적극적으로 현장에서 활용하게 하는 것이다. 학습이 재미있을 때, 영업 담당자들은 더 많이 배우고 동기부여가 된다. 회의는 재미있어야 한다.

- 시간을 준수하라. 정시에 시작하고 정시에 끝내라. 관리자가 시간을 정확하게 지키는 것은 다른 무엇보다 강한 메시지를 전달하는 것이다.
- 코칭 기회들을 관찰하라. 이 회의를 진행하면서 영업 관리자는 사후 관리 코칭을 위한 기회들을 찾아낼 수 있을 것이다.

월간 영업 회의에서 영업 담당자들의 역할

월간 영업 회의에서 영업 담당자의 역할은 다음과 같다.

- 인정받은 영업 담당자들을 격려해 준다.
- 필요하거나 적절할 때 질문을 하고 답변을 함으로써 참여한다.
- 기술 개발 연습 시간에 함께 참여한다.

기술 개발 시간은 판매 관련 핵심 포인트와 영업 담당자들의 제품 지식이나 판매 기술을 강화시키는 시간이다. 판매 관련 핵심 포인트들은 제품의 혜택들, 제품을 사용할 것 같은 대상 고객들, 고객의 니즈, 예상되는 장애물 또는 반론의 처리, 경쟁력 있는 제안, 주의사항 등과 같은 것들을 포함한다. 기술 개발 시간은 이러한 사항들에 대해 연습할 수 있어야 한다.

월간 영업 회의는 책임을 지게 한다

월간 영업 회의는 목표에 대한 성과 검토와 효과적인 기술의 습득을 통하여 영업 담당자들이 책임을 지게 한다.

회의를 시작할 때, 그 회의가 무엇에 관한 것인지 그리고 영업 관리자가 무엇을 얻고 싶은지를 간략하게 설명한다. 안건들과 그것들이 영업 담당자에 어떤 관련이 있는지를 간략하게 설명하도록 한다.

예를 들면 "이번 달 월간 영업 회의는 3기지에 대해서 집중 논의할 것입니다. 월 말 실적, 뛰어난 성과를 내신 분에 대한 수상, 그리고 연습 시간이 있을 것입니다. 이러한 시간들이 고객들의 필요성을 파악하기 위해 기술들을 사용하는 데에 있어 우리에게 좀 더 자신감을 줄 것입니다"와 같이 하는 것이 효과적이다.

참여도 향상시키기

참여도를 높이는 것은 영업 회의의 효과를 향상시킨다. 참여도를 높이기 위해서는 두 가지 방법이 있다. 질문을 하는 것과 역할 연습(Role-Play)을 하는 것이다. 최대의 참여도를 얻기 위한 질문의 유형은 다음과 같다.

- 그것에 대한 당신의 반응은 무엇입니까?
- 그것에 대한 당신의 생각은 무엇입니까?
- 당신이 관리하고 있는 고객과 관계는 어떻습니까?

회의를 마무리하기 위한 방법

회의의 주요 사항들을 요약하고 다시 한번 정리해 보도록 요청한다. 사람들은 보통 그들이 마지막에 들은 것을 기억한다. 예를 들어 "우리는 예비 고객이 필요로 하는 것을 판단하기 위한 질문의 중요성에 관하여 이야기를 하였습니다. 누가 고객에게 질문하는 것이 어떤 효과가 있는지 설명해 주시겠습니까?"와 같은 요청을 한다. 영업 담당자 자신이 스스로 요약하도록 하게 하는 것은 그 회의를 마무리하기 위한 훨씬 더 효과적인 방법이다. 특히 영업 담당자들이 무엇을 이해했는지를 알고 싶다면 더욱 그러하다.

영업 담당자들이 가야 하는 회의가 아니라 가고 싶은 성공적인 월간 영업 회의가 되기 위한 몇 가지 중요한 사항들은 다음과 같다.

- 영업 담당자들을 항상 참여시킨다. 영업 담당자들이 단지 듣고만 있게 하지 말고 말하게 하고 움직이게 한다. 그들이 적극적으로 참여하면 할수록 그들은 더 많은 것을 기억할 것이다.
- 참가자들이 소중하다고 느끼도록 한다.
- 영업 관리자가 하려고 하는 것을 영업 담당자들에게 말해 주고 실행하고 나서 재검토한다.
- 보고서로 사후 관리를 분명히 한다.
- 회의를 독단적으로 진행하지 말고 상호 교류로 발전시

킨다.

- 영업 담당자들의 아이디어와 자료를 경청한다. 질문을 하고 말다툼을 하지 마라. 논제에서 벗어나지 말아야 한다.
- 영업 담당자들을 고객인 것처럼 대한다.
- 회의의 목적은 영업 담당자들이 긍정적이고 생산적이며 열정적으로 배운 기술과 지식들을 활용하고 싶어 할 수 있도록 한다.
- 스킬 개발에 집중한다.
- 회의는 재미있어야 한다. 학습이 재미있을 때 영업 담당자들은 더 많이 배우고 배운 것을 잘 습득한다.

영업 관리자가 영업 회의들을 다루는 방식이 장래에 매출 결과에 직접적으로 반영될 것이다. 그리고 영업 관리자들은 주간 회의와 월간 영업 회의에서 다음과 같은 질문을 통해 중요한 정보들을 얻는다.

- 성과에 가장 많이 기여하는 요인들은 무엇인가?
- 목표를 달성하지 못하게 하는 것들은 무엇인가?
- 부족한 부분을 보충하기 위해 어떠한 조치들을 취하고 있는가?
- 그러한 조치들로부터 어떠한 것을 예상하고 있는가?

- 어떤 활동들이 효과가 있고 어떤 활동들이 효과가 없는 가? 이유는?
- 내가 관찰해야 하는 것은 무엇인가? 이런 관찰을 할 적절한 때는 언제인가?
- 어떠한 코칭이 필요한가? 그리고 누가 필요한가? 시기는?
- 어떠한 경쟁적인 문제들에 직면하고 있는가? 그것들을 처리하기 위해 무엇을 계획하고 있는가?
- 영업 담당자들이 가지고 있는 장애물들은 무엇인가?
- 어떤 훈련이 필요한가?
- 나의 팀을 도와주기 위해서 나는 무엇을 할 수 있는가?

이러한 질문들의 목적은 영업팀이 목표와 관련하여 현재 위치가 어디이며, 목표를 달성하기 위하여 어떠한 활동이 도움이 되는지, 그리고 어떤 장애물들이 있는지를 이해하는 것이다. 이때 얻은 정보는 코칭의 필요성을 결정하기 위한 기초가 된다. 이러한 정기적인 회의들은 무엇이 중요한지 그리고 각 영업 담당자가 무엇을 해야 할지를 명확하게 전달한다.

보고받는 시간 갖기

지금까지 다룬 회의들과 더불어, 뛰어난 영업 관리자들이 하는 또 다른 책임을 환기 시키는 시간이 있다. 보고를 받는 시간이다. 보고를 받는 목적은 핵심적인 영업 기회를 논의하는 것이고, 거래를 성사시키기 위한 효과적인 판매 전략을 확실하게 하는 것이다. 보고를 받는 시간에 영업 관리자는 영업 담당자에게 다음과 같이 질문한다.

- 당신이 작업하고 있는 A 고객에 관해 이야기해 보고 싶습니다. 당신이 발견한 기회에 관하여 말씀해 주시겠습니까?

- 누가 이번 판매를 성사시키기 위해 필요한 의사 결정자,

영향력 있는 사람들인지 확인하였나요?

- 영향력 있는 사람들과 접촉하는 상황이 어떻게 진행되고 있나요?

- 어떠한 장애물들이 있으며 그것들을 어떻게 처리하고 있나요?

- 다음 단계는 무엇인가요? 그것에 대해 이렇게 동의를 얻었나요?

보고받는 시간은 핵심 고객을 위한 효과적인 영업 전략에 대한 책임을 확실하게 하기 위한 강력한 방법이다. 이것은 영업 관리자에게 지속적으로 정보를 줄 뿐만 아니라, 영업 담당자들이 중요한 이슈들을 충분히 생각하고 그것들을 위해 어떤 계획을 세워야 하는지를 충분히 생각하는 데에 도움을 줄것이다.

Habit 5. Self Coaching Note

Q. 영업 담당자의 책임은 무엇인가?

_____

_____

_____

_____

_____

_____

_____

_____

Q. 책임에 대한 헌신은 무엇에서 비롯되는가?

_____

_____

_____

_____

_____

_____

_____

_____

Q. 책임지게 하기 위한 영업 관리자의 역할은 무엇인가?

_____

_____

_____

_____

_____

_____

_____

_____

Q. 책임지지 않는 것은 무엇 때문인가?

_____

_____

_____

_____

_____

_____

_____

_____

리더를 위한
영업 관리
실전 매뉴얼

초판 1쇄 발행   2022년 10월 18일

지은이   김상범

펴낸이   김왕기
편집부   원선화, 김한솔
디자인   푸른영토 디자인실

펴낸곳   **푸른영토**
주소   경기도 고양시 일산동구 장항동 865 코오롱레이크폴리스1차 A동 908호
전화   (대표)031-925-2327, 070-7477-0386~9 · 팩스 | 031-925-2328
등록번호   제2005-24호.(2005년 4월 15일)
홈페이지   www.blueterritory.com
전자우편   book@blueterritory.com

ISBN 979-11-92167-13-8   03810
ⓒ김상범, 2022